散文书系

·请慢慢读这本书·

汪曾祺 等著

慢慢来，好戏都在烟火里

华中科技大学出版社
http://press.hust.edu.cn
中国·武汉

图书在版编目(CIP)数据

慢慢来，好戏都在烟火里 / 汪曾祺等著. —武汉：华中科技大学出版社，2024.4（2025.6 重印）
ISBN 978-7-5772-0371-3

Ⅰ.①慢… Ⅱ.①汪… Ⅲ.①散文集—中国—现代 Ⅳ.①I266

中国国家版本馆CIP数据核字（2024）第035948号

慢慢来，好戏都在烟火里
Manmanlai, Haoxi dou zai Yanhuo li

汪曾祺等 著

策划编辑：	娄志敏
责任编辑：	田金麟
封面设计：	三形三色
责任校对：	林凤瑶
责任监印：	朱 玢

出版发行：华中科技大学出版社（中国·武汉）　　电话：（027）81321913
　　　　　武汉市东湖新技术开发区华工科技园　　　邮编：430223

印　　刷：湖北新华印务有限公司
开　　本：880mm×1230mm　　1/32
印　　张：7.25
字　　数：146千字
版　　次：2025年6月第1版第6次印刷
定　　价：49.80元

本书若有印装质量问题，请向出版社营销中心调换
全国免费服务热线：400-6679-118　　竭诚为您服务
版权所有　侵权必究

天冷了,堂屋里上了槅子……上了槅子,显得严紧,安适,好像生活中多了一层保护。家人闲坐,灯火可亲。

看看家德跟他娘,我妈比方一句有诗意的话,就比是到山楼上去看太阳——满眼都是亮。看看家德跟他娘,一个老妈子说,我总是出眼泪,我从来不知道做人会得这样的有意思。

过去的事,一切都同梦幻一般地消灭,没有痕迹留存了。只有这个疤,好像是『脊杖二十,刺配军州』时打在脸上的金印,永久地明显地录着过去的事实,一说起就可使我历历地回忆前尘。

人生二十而知有生的利益；二十五而知有明之处必有暗；至于三十岁的今日，更知明多之处暗亦多，欢浓之时愁亦重。

旧的东西之可留恋的地方固然很多,人生之应该日新又新的地方亦复不少。对于旧日的典章文物我们尽管欢喜赞叹,可是我们不能永远盘桓在美好的记忆境界里,我们还是要回到这个现实的地面上来。

世界确是更「文明」了，小孩也懂事懂得早了，可是我还愿意大家傻一点，特别是小孩。

目录

第一章 万物有趣

人不管走到哪一步，总得找点乐子，想一点办法，老是愁眉苦脸的，干吗呢!

003 —	草木春秋	汪曾祺
012 —	北京的秋花	汪曾祺
017 —	看花	朱自清
022 —	囚绿记	陆蠡
026 —	蝉与纺织娘	郑振铎
031 —	萤	靳以
034 —	猫	靳以
041 —	我们家的猫	老舍

001

第二章
四时有景

西瓜以绳络悬之井中,下午剖食,一刀下去,喀嚓有声,凉气四溢,连眼睛都是凉的。

045 —	夏天	汪曾祺
049 —	扬州的夏日	朱自清
053 —	秋	丰子恺
057 —	故都的秋	郁达夫
061 —	江南的冬景	郁达夫
065 —	冬天	汪曾祺
069 —	初冬浴日漫感	丰子恺
072 —	春风	老舍
075 —	北平的春天	周作人

第三章

人间有情

人,即使活到八九十岁,有母亲便可以多少还有点孩子气。失了慈母便像花插在瓶子里,虽然还有色有香,却失去了根。

081	— 梦痕	丰子恺
087	— 家德	徐志摩
095	— 往事	沈从文
100	— 四位先生	老舍
107	— 我的母亲	老舍
114	— 父亲的病	鲁迅
120	— 父亲的玳瑁	鲁彦

第四章
生活有味

总之，一个人的口味要宽一点、杂一点，"南甜北咸东辣西酸"，都去尝尝。

131 —	四方食事	汪曾祺
140 —	肉食者不鄙	汪曾祺
146 —	腊八粥（节选）	沈从文
149 —	豆腐	梁实秋
152 —	北平的零食小贩	梁实秋
161 —	饮食男女在福州	郁达夫
168 —	臭豆腐	周作人
170 —	羊肝饼	周作人
172 —	故乡的杨梅	鲁彦

第五章 / 岁月无惊

已往的人生如何的美好，或如何的乏味而可憎；已往的我生如何的可珍惜，或如何的可厌弃，"现在"都可不必去管它，因为过去的已"过去"了。

179 —	街	沈从文
183 —	旧	梁实秋
187 —	送行	梁实秋
191 —	刹那	朱自清
196 —	市声拾趣	张恨水
199 —	光阴	陆蠡
204 —	天真与经验	梁遇春
210 —	又是一年芳草绿	老舍

第一章
万物有趣

人不管走到哪一步，总得找点乐子，想一点办法，老是愁眉苦脸的，干吗呢！

草木春秋
汪曾祺

木芙蓉

浙江永嘉多木芙蓉。市内一条街边有一棵,干粗如电线杆,高近二层楼,花多而大,他处少见。楠溪江边的村落,村外、路边的茶亭(永嘉多茶亭,供人休息、喝茶、聊天)檐下,到处可以看见芙蓉。芙蓉有一特别处,红白相间。初开白色,渐渐一边变红,终至整个的花都是桃红的。花期长,掩映于手掌大的浓绿的叶丛中,欣然有生意。

我曾向永嘉市领导建议,以芙蓉为永嘉市花,市领导说永嘉已有市花,是茶花。后来听说温州选定茶花为温州市花,那么永嘉恐怕得让一让。永嘉让出茶花,永嘉市花当另选。那么,芙蓉被选中,还是有可能的。

永嘉为什么种那么多木芙蓉呢?问人,说是为了打草鞋。芙蓉的树皮很柔韧结实,剥下来撕成细条,打成草鞋,穿起来很舒服,且耐走长路,不易磨通。

现在穿树皮编的草鞋的人很少了,大家都穿塑料凉鞋、旅游鞋。但是到处都还在种木芙蓉,这是一种习惯。于是芙蓉就成了永嘉城乡一景。

南瓜子豆腐和皂角仁甜菜

在云南腾冲吃了一道很特别的菜。说豆腐脑不是豆腐脑,说鸡蛋羹不是鸡蛋羹。滑、嫩、鲜,色白而微微带点浅绿,入口清香。这是豆腐吗?是的,但是用鲜南瓜子去壳磨细"点"出来的。很好吃。中国人吃菜真能别出心裁,南瓜子做成豆腐,不知是什么朝代,哪一位美食家想出来的!

席间还有一道甜菜,冰糖皂角米。皂角我的家乡颇多。一般都用来泡水,洗脸洗头,代替肥皂。皂角仁蒸熟,妇女绣花,把线在皂仁上"光"一下,绒不散,且光滑,便于入针。没有吃它的。到了昆明,才知道这东西可以吃。昆明过去有专卖蒸菜的饭馆,蒸鸡、蒸排骨,都放小笼里蒸,小笼垫底的是皂角仁,蒸得了晶莹透亮,嚼起来有韧劲,好吃。比用红薯、土豆衬底更有风味。但知道可以做甜菜,却是在腾冲。这东西很滑,进口略不停留,即入肠胃。我知道皂角仁的"物性",警告大家不可多吃。一位老兄吃得口爽，弄了一饭碗，几口就喝了。未及终席，他就奔赴厕所，飞流直下起来。

皂角仁卖得很贵，比莲子、桂圆、西米都贵，只有卖干果、山珍的大食品店才有得卖，普通的副食店里是买不到的。

近几年时兴"皂角洗发膏"，皂角恢复了原来的功能，这也算是"以故为新"吧。

车前子

车前子的样子很有趣。叶贴地而长，近卵形，有长柄。在自由伸向四面的叶丛中央抽出细长的花梗，顶端有穗形花序，直立着。穗不多，少的只有一穗。画家常画之为点缀。程十发即喜画。动画片中好像少不了它。不知道为什么，这东西有一种童话情趣。

车前子可利小便，这是很多农民都知道的。

张家口的山西梆子剧团有一个唱"红"（老生）的演员，经常在几县的"堡"（张家口人称镇为"堡"）演唱，不受欢迎，农民给他起了个外号："车前子"。怎么给他起了这么个外号呢？因为他一出台，农民观众即纷纷起身上厕所，这位"红"利小便。

这位唱"红"的唱得起劲，观众就大声喊叫："快去，快，赶紧拿咸菜！"这又是怎么回事呢？吃白薯吃得太多了，烧心反胃，嚼一块咸菜就好了。这位演员的嗓音叫人听起来烧心。

农民有时是很幽默的。

搞艺术的人千万不能当"车前子",不能叫人烧心反胃。

紫穗槐

在戴了"右派分子"的帽子以后,我曾经被发到西山种树。在石多土少的山头用镢头刨坑。实际上是在石头上硬凿出一个一个的树坑来,再把凿碎的砂石填入,用九齿耙耧平。山上寸土寸金,树坑就山势而凿,大小形状不拘。这是个非常重的活。我成了"右派"后所从事的劳动,以修十三陵水库和这次西山种树的活最重。那真是玩了命。

一早,就上山,带两个干馒头、一块大腌萝卜。顿顿吃大腌萝卜,这不是个事。已经是秋天了,山上的酸枣熟了,我们摘酸枣吃。草里有蝈蝈,烧蝈蝈吃!蝈蝈得是三尾的,腹大,多子。一会儿就能捉半土筥。点一把火,把蝈蝈往火里一倒,劈劈剥剥,熟了。咬一口大腌萝卜,嚼半个烧蝈蝈,就馒头,香啊。人不管走到哪一步,总得找点乐子,想一点办法,老是愁眉苦脸的,干吗呢!

我们刨了坑,放着,当时不种,得到明年开了春,再种。据说要种的是紫穗槐。

紫穗槐我认识,枝叶近似槐树,抽条甚长,初夏开紫花,花似紫藤而颜色较紫藤深,花穗较小,瓣亦稍小。风摇紫穗,姗姗

第一章 | 万物有趣

可爱。

紫穗槐的枝叶皆可为饲料,牲口爱吃,上膘。条可编筐。

刨了约二十多天树坑,我就告别西山八大处回原单位等候处理,从此再也没有上过山。不知道我们刨的那些坑里种上紫穗槐了没有。再见,紫穗槐!再见,大腌萝卜!再见,蝈蝈!

阿格头子灰背青

敕勒川,
阴山下。
天似穹庐,
笼盖四野。
天苍苍,
野茫茫,
风吹草低见牛羊。

北齐斛律金这首用鲜卑语唱的歌公认是北朝乐府的杰作,写草原诗的压卷之作,苍茫雄浑,前无古人,后无来者。一千多年以来,不知道有多少"南人",都从"风吹草低见牛羊"一句诗里感受到草原景色,向往不置。

但是这句诗有夸张成分,是想象之词。真到草原去,是看不

慢慢来，好戏都在烟火里

到这样的景色的。我曾四下内蒙，到过呼伦贝尔草原、达茂旗的草原、伊克昭盟的草原，还到过新疆的唐巴拉牧场，都不曾见过"风吹草低见牛羊"。张家口坝上沽源的草原的草，倒是比较高，但也藏不住牛羊。论好看，要数沽源的草原好看。草很整齐，叶细长，好像梳过一样，风吹过，起伏摇摆如碧浪。这种草是什么草？问之当地人，说是"碱草"，我怀疑这可能是"草菅人命"的"菅"。"碱草"的营养价值不是很高。

营养价值高的牧草有阿格头子、灰背青。

陪同我们的老曹唱他的爬山调：

阿格头子灰背青，
四十五天到新城。

他说灰背青叶子青绿而背面是灰色的。"阿格头子"是蒙古话。他拔起两把草叫我们看，且问一个牧民：

"这是阿格头子吗？"

"阿格！阿格！"

这两种草都不高，也就三四寸，几乎是贴地而长。叶片肥厚而多汁。

"阿格头子灰背青，四十五天到新城。"老曹年轻时拉过骆驼，从呼和浩特驮货到新疆新城，一趟得走四十五天。那么来回就得三个月。在多见牛羊少见人的大草原上,拉着骆驼一步一步地走,这滋味真难以想象。

老曹是个有趣的人。他的生活知识非常丰富,大青山的药材、草原上的草,他没有不认识的。他知道很多故事,很会说故事。单是狼,他就能说一整天。都是实在经验过的,并非道听途说。狼怎样逗小羊玩,小羊高了兴,跳起来,过了圈羊的荆笆,狼一口就把小羊叼走了;狼会出痘,老狼把出痘子的小狼用沙埋起来,只露出几个小脑袋;有一个小号兵掏了三只小狼羔子,带着走,母狼每晚上跟着部队,哭,后来怕暴露部队目标,队长说服小号兵把小狼放了……老曹好说,能吃,善饮,喜交游。他在大青山打过游击,山里的堡垒户都跟他很熟,我们的吉普车上下山,他常在路口叫司机停一下,找熟人聊两句,帮他们买拖拉机,解决孩子入学……我们后来拜访了布赫同志,提起老曹,布赫同志说:"他是个红火人。""红火人"这样的说法,我在别处没有听见过。但是用之于老曹身上,很合适。

老曹后来在呼市负责林业工作。他曾到大兴安岭调查,购买树种,吃过犴鼻子(他说犴鼻子黏性极大,吃下一块,上下牙粘在一起,得使劲张嘴,才能张开。他做了一个当时使劲张嘴的样子,很滑稽)、飞龙。他负责林业时主要的业绩是在大青山山脚至市中心的大路两侧种了杨树,长得很整齐健旺。但是他最喜爱的是紫穗槐,是个紫穗槐迷,到处宣传紫穗槐的好处。

慢慢来,好戏都在烟火里

"文化大革命",老曹在劫难逃。他被捆押吊打,打断了踝骨。后经打了石膏,幸未致残,但是走起路来一拐一拐的。他还是那么"红火",健谈豪饮。

阿格头子灰背青,
四十五天到新城。

花和金鱼

从东珠市口经三里河、河舶厂,过马路一直往东,是一条横街。这是北京的一条老街了。也说不上有什么特点,只是有那么一种老北京的味儿。有些店铺是别的街上没有的。有一个每天卖豆汁儿的摊子,卖焦圈儿、马蹄烧饼,水疙瘩丝切得细得像头发。这一带的居民好像特别爱喝豆汁儿,每天晌午,有一个人推车来卖,车上搁一个可容一担水的木桶,木桶里有多半桶豆汁儿。也不吆喝,到时候就来了,老太太们准备好了坛坛罐罐等着。马路东有一家卖鞭哨、皮条、网绳等等骡车马车上用的各种配件。北京现在大车少了,来买的多是河北人。看了店堂里挂着的挺老长的白色的皮条、两股坚挺的竹子拧成的鞭哨,叫人有点说不出来的感动。有一家铺子在一个高台阶上,门外有一块小匾,写着"惜阴斋"。这是卖什么的呢?我特意上了台阶走进去看了看:是专卖老式木壳自鸣钟、怀表的，兼营擦洗钟表油泥、修配发条、油丝。"惜阴"用之于钟表店，挺有意思，不知是哪位一方名士给写的匾。有一个茶叶店，也有一块匾："今雨茶庄"（好几个人问过我这是什么意思）。其实这是一家夫妻店，什么"茶庄"！

两口子，有五十好几了，经营了这么个"茶庄"。他们每天的生活极其清简。大妈早起攒炉子、生火、坐水、出去买菜。老爷子扫地，擦拭柜台，端正盆花金鱼。老两口都爱养花、养鱼。鱼是龙睛，两条大红的，两条蓝的（他们不爱什么红帽子、绒球……）。鱼缸不大，飘着竿草。花四季更换。夏天，茉莉、珠兰（熟人来买茶叶，掌柜的会摘几朵鲜茉莉花或一小串珠兰和茶叶包在一起）；秋天，九花（老北京人管菊花叫"九花"）；冬天，水仙、天竺果。我买茶叶都到"今雨茶庄"买，近。我住河舶厂，出胡同口就是。我每次买茶叶，总爱跟掌柜的聊聊，看看他的花。花并不名贵，但养得很有精神。他说："我不瞧戏，不看电影，就是这点爱好。"

北京的秋花

汪曾祺

桂花

桂花以多为胜。《红楼梦》薛蟠的老婆夏金桂家"单有几十顷地种桂花",人称"桂花夏家"。"几十顷地种桂花",真是一个大观!四川新都桂花甚多。杨升庵祠在桂湖,环湖植桂花,自山坡至水湄,层层叠叠,都是桂花。我到新都谒升庵祠,曾作诗:

桂湖老桂发新枝,
湖上升庵旧有祠。
一种风流谁得似,
状元词曲罪臣诗。

杨升庵是才子,以一甲一名中进士,著作有七十种。他因"议大礼"获罪，充军云南，七十余岁，客死于永昌。陈老莲曾画过他的像，"醉则簪花满头"，面色酡红，是喝醉了的样子。从陈老莲的画像看，升庵是个高个儿的胖子。但陈老莲恐怕是凭想象画的，未必即像升庵。新都人为他在桂湖建祠，升庵死者有知，亦当欣慰。

北京桂花不多，且无大树。颐和园有几棵，没有什么人注意。我曾在藻鉴堂小住，楼道里有两棵桂花，是种在盆里的，不到一人高！

我建议北京多种一点桂花。桂花美荫，叶坚厚，入冬不凋。开花极香浓，干制可以做元宵馅、年糕。既有观赏价值，也有经济价值，何乐而不为呢？

菊花

秋季广交会上摆了很多盆菊花。广交会结束了，菊花还没有完全开残。有一个日本商人问管理人员："这些花你们打算怎么处理？"答云："扔了！"——"别扔，我买。"他给了一点钱，把开得还正盛的菊花全部包了，订了一架飞机，把菊花从广州空运到日本，张贴了很大的海报："中国菊展"。卖门票，参观的人很多。他捞了一大笔钱。这件事叫我有两点感想：一是日本商人真有商业头脑，任何赚钱的机会都不放过，我们的管理人员是老爷，到手的钱也抓不住。二是中国的菊花好，能得到日本人的赞赏。

中国人长于艺菊，不知始于何年，全国有几个城市的菊花都负盛名，如扬州、镇江、合肥，黄河以北，当以北京为最。

菊花品种甚多，在众多的花卉中也许是最多的。

首先，有各种颜色。最初的菊大概只有黄色的。"鞠有黄华""零落黄花满地金"，"黄华"和菊花是同义词。后来就发展到什么颜色都有了。黄色的、白色的、紫的、红的、粉的，都有。挪威的散文家别伦·别尔生说各种花里只有菊花有绿色的，也不尽然，牡丹、芍药、月季都有绿的，但像绿菊那样绿得像初新的嫩蚕豆那样，确乎是没有。我几年前回乡，在公园里看到一盆绿菊，花大盈尺。

其次，花瓣形状多样，有平瓣的、卷瓣的、管状瓣的。在镇江焦山见过一盆"十丈珠帘"，细长的管瓣下垂到地，说"十丈"当然不会，但三四尺是有的。

北京菊花和南方的差不多，狮子头、蟹爪、小鹅、金背大红……南北皆相似，有的连名字也相同。如一种浅红的瓣，极细而卷曲如一头乱发的，上海人叫它"懒梳妆"，北京人也叫它"懒梳妆"，因为得其神韵。

有些南方菊种北京少见。扬州人重"晓色"，谓其色如初日晓云，北京似没有。"十丈珠帘"，我在北京没见过。"枫叶芦花"，紫平瓣，有白色斑点，也没有见过。

我在北京见过的最好的菊花是在老舍先生家里。老舍先生每年要请北京市文联、文化局的干部到他家聚聚，一次是腊月，老舍先生的生日（我记得是腊月二十三）；一次是重阳节左右，赏菊。老舍先生的哥哥很会莳弄菊花。花很鲜艳；菜有北京特点（如芝麻酱炖黄花鱼、"盒子菜"）；酒"敞开供应"，既醉既饱，至今不忘。

我不赞成搞菊山菊海，让菊花都按部就班，排排坐，或挤成一堆，闹闹嚷嚷。菊花还是得一棵一棵地看，一朵一朵地看。更不赞成把菊花缚扎成龙、成狮子，这简直是糟蹋了菊花。

秋葵·鸡冠·凤仙·秋海棠

秋葵我在北京没有见过，想来是有的。秋葵是很好种的，在篱落、石缝间随便丢几个种子，即可开花。或不烦人种，也能自己开落。花瓣大、花浅黄，淡得近乎没有颜色，瓣有细脉，瓣内侧近花心处有紫色斑。秋葵风致楚楚，自甘寂寞。不知道为什么，秋葵让我想起女道士。秋葵亦名鸡脚葵，以其叶似鸡爪。

我在家乡县委招待所见一大丛鸡冠花，高过人头，花大如扫地笤帚，颜色深得吓人一跳。北京鸡冠花未见有如此之粗野者。

凤仙花可染指甲，故又名指甲花。凤仙花捣烂，入少矾，敷于指尖，即以凤仙叶裹之，隔一夜，指甲即红。凤仙花茎可长得很粗，湖南人或以入臭坛腌渍，以佐粥，味似臭苋菜秆。

秋海棠北京甚多，齐白石喜画之。齐白石所画，花梗颇长，这在我家那里叫做"灵芝海棠"。诸花多为五瓣，惟秋海棠为四瓣。

北京有银星海棠，大叶甚坚厚，上洒银星，秆亦高壮，简直近似木本。我对这种孙二娘似的海棠不大感兴趣。我所不忘的秋海棠总是伶仃瘦弱的。我的生母得了肺病，怕"过人"——传染别人，独自卧病，在一座偏房里，我们都叫那间小屋为"小房"。她不让人去看她，我的保姆要抱我去让她看看，她也不同意。因此我对我的母亲毫无印象。她死后，这间"小房"成了堆放她的嫁妆的储藏室，成年锁着。我的继母偶尔打开，取一两件东西，我也跟了进去。"小房"外面有一个小天井，靠墙有一个秋叶形的小花坛，不知道是谁种了两三棵秋海棠，也没有人管它，它到秋天竟也开花。花色苍白，样子很可怜。

不论在哪里，我每看到秋海棠，总要想起我的母亲。

黄栌·爬山虎

霜叶红于二月花。

西山红叶是黄栌，不是枫树。我觉得不妨种一点枫树，这样颜色更丰富些。日本枫娇红可爱，可以引进。

近年北京种了很多爬山虎，入秋，爬山虎叶转红。

沿街的爬山虎红了。北京的秋意浓了。

看花
朱自清

生长在大江北岸一个城市里,那儿的园林本是著名的,但近来却很少;似乎自幼就不曾听见过"我们今天看花去"一类话,可见花事是不盛的。有些爱花的人,大都只是将花栽在盆里,一盆盆搁在架上;架子横放在院子里。院子照例是小小的,只够放下一个架子;架上至多搁二十多盆花罢了。有时院子里依墙筑起一座"花台",台上种一株开花的树;也有在院子里地上种的。但这只是普通的点缀,不算是爱花。

家里人似乎都不甚爱花;父亲只在领我们上街时,偶然和我们到"花房"里去过一两回。但我们住过一所房子,有一座小花园,是房东家的。那里有树,有花架(大约是紫藤花架之类),但我当时还小,不知道那些花木的名字;只记得爬在墙上的是蔷薇而已。园中还有一座太湖石堆成的洞门;现在想来,似乎也还好的。在那时由一个顽皮的少年仆人领了我去,却只知道跑来跑去捉蝴蝶;有

慢慢来，好戏都在烟火里

时掐下几朵花，也只是随意揉弄着，随意丢弃了。至于领略花的趣味，那是以后的事：夏天的早晨，我们那地方有乡下的姑娘在各处街巷，沿门叫着，"卖栀子花来。"栀子花不是什么高品，但我喜欢那白而晕黄的颜色和那肥肥的个儿，正和那些卖花的姑娘有着相似的韵味。栀子花的香，浓而不烈，清而不淡，也是我乐意的。我这样便爱起花来了。也许有人会问，"你爱的不是花吧？"这个我自己其实也已不大弄得清楚，只好存而不论了。

在高小的一个春天，有人提议到城外F寺里吃桃子去，而且预备白吃；不让吃就闹一场，甚至打一架也不在乎。那时虽远在五四运动以前，但我们那里的中学生却常有打进戏园看白戏的事。中学生能白看戏，小学生为什么不能白吃桃子呢？我们都这样想，便由那提议人纠合了十几个同学，浩浩荡荡地向城外而去。到了F寺，气势不凡地呵叱着道人们（我们称寺里的工人为道人），立刻领我们向桃园里去。道人们踌躇着说："现在桃树刚才开花呢。"但是谁信道人们的话？我们终于到了桃园里。大家都丧了气，原来花是真开着呢！这时提议人P君便去折花。道人们是一直步步跟着的，立刻上前劝阻，而且用起手来。但P君是我们中最不好惹的；"说时迟，那时快"，一眨眼，花在他的手里，道人已跟跄在一旁了。那一园子的桃花，想来总该有些可看；我们却谁也没有想着去看。只嚷着："没有桃子，得沏茶喝！"道人们满肚子委屈地引我们到"方丈"里，大家各喝一大杯茶。这才平了气，谈谈笑笑地进城去。大概我那时还只懂得爱一朵朵的栀子花，对于开在树上的桃花，是并不了然的；所以眼前的机会，便从眼前错过了。

以后渐渐念了些看花的诗，觉得看花颇有些意思。但到北平读了几年书，却只到过崇效寺一次；而去得又嫌早些，那有名的一株绿牡丹还未开呢。北平看花的事很盛，看花的地方也很多；但那时热闹的似乎也只有一班诗人名士，其余还是不相干的。那正是新文学运动的起头，我们这些少年，对于旧诗和那一班诗人名士，实在有些不敬；而看花的地方又都远不可言，我是一个懒人，便干脆地断了那条心了。后来到杭州做事，遇见了Y君，他是新诗人兼旧诗人，看花的兴致很好。我和他常到孤山去看梅花。孤山的梅花是古今有名的，但太少；又没有临水的，人也太多。有一回坐在放鹤亭上喝茶，来了一个方面有须，穿着花缎马褂的人，用湖南口音和人打招呼道："梅花盛开嗒！""盛"字说得特别重，使我吃了一惊；但我吃惊的也只是说在他嘴里"盛"这个声音罢了，花的盛不盛，在我倒并没有什么的。

有一回，Y来说，灵峰寺有三百株梅花；寺在山里，去的人也少。我和Y，还有N君，从西湖边雇船到岳坟，从岳坟入山。曲曲折折走了好一会，又上了许多石级，才到山上寺里。寺甚小，梅花便在大殿西边园中。园也不大，东墙下有三间净室，最宜喝茶看花；北边有座小山，山上有亭，大约叫"望海亭"吧，望海是未必，但钱塘江与西湖是看得见的。梅树确是不少，密密地低低地整

慢慢来，好戏都在烟火里

列着。那时已是黄昏，寺里只我们三个游人；梅花并没有开，但那珍珠似的繁星似的骨都儿，已经够可爱了；我们都觉得比孤山上盛开时有味。大殿上正做晚课，送来梵呗的声音，和着梅林中的暗香，真叫我们舍不得回去。在园里徘徊了一会，又在屋里坐了一会，天是黑定了，又没有月色，我们向庙里要了一个旧灯笼，照着下山。路上几乎迷了道，又两次三番地狗咬；我们的Y诗人确有些窘了，但终于到了岳坟。船夫远远迎上来道："你们来了，我想你们不会冤我呢！"在船上，我们还不离口地说着灵峰的梅花，直到湖边电灯光照到我们的眼。

　　Y回北平去了，我也到了白马湖。那边是乡下，只有沿湖与杨柳相间着种了一行小桃树，春天花发时，在风里娇媚地笑着。还有山里的杜鹃花也不少。这些日日在我们眼前，从没有人像煞有介事地提议："我们看花去。"但有一位S君，却特别爱养花；他家里几乎是终年不离花的。我们上他家去，总看他在那里不是拿着剪刀修理枝叶，便是提着壶浇水。我们常乐意看着。他院子里一株紫薇花很好，我们在花旁喝酒，不知多少次。白马湖住了不过一年，我却传染了他那爱花的嗜好。但重到北平时，住在花事很盛的清华园里，接连过了三个春，却从未想到去看一回。只在第二年秋天，曾经和孙三先生在园里看过几次菊花。"清华园之菊"是著名的，孙三先生还特地写了一篇文，画了好些画。但那种一盆一干一花的养法，花是好了，总觉没有天然的风趣。直到去年春天，有了些余闲,在花开前,先向人问了些花的名字。一个好朋友是从知道姓名起的,我想看花也正是如此。恰好Y君也常来园中,我们一天三四趟地到那些花下去徘徊。今年Y君忙些,我便一个人去。我爱繁花老干的杏,临风婀娜的小红桃,贴梗累累如珠的紫荆;但最恋恋的是西府海棠。海棠的花繁得好,也淡得好;艳极了,却没有一丝荡意。疏疏的高干子,英气隐隐逼人。可惜没有趁着月色看过;王鹏运有两句词道:"只愁淡月朦胧影,难验微波上下潮。"我想月下的海棠花,大约便是这种光景吧。为了海棠,前两天在城里特地冒了大风到中山公园去,看花的人倒也不少;但不知怎的,却忘了畿辅先哲祠。Y告我那里的一株,遮住了大半个院子;别处的都向上长,这一株却是横里伸张的。花的繁没有法说;海棠本无香,昔人常以为恨,这里花太繁了,却酝酿出一种淡淡的香气,使人久闻不倦。Y告我,正是刮了一日还不息的狂风的晚上;他是前一天去的。他说他去时地上已有落花了,这一日一夜的风,准完了。他说北平看花,是要赶着看的:春光太短了,又晴的日子多;今年算是有阴的日子了,但狂风还是逃不了的。我说北平看花,比别处有意思,也正在此。这时候,我似乎不甚菲薄那一班诗人名士了。

囚绿记
陆蠡

这是去年夏间的事情。

我住在北平的一家公寓里,我占据着高广不过一丈的小房间,砖铺的潮湿的地面,纸糊的墙壁和天花板,两扇木格子嵌玻璃的窗,窗上有很灵巧的纸卷帘,这在南方是少见的。

窗是朝东的。北方的夏季天亮得快,早晨五点钟左右太阳便照进我的小屋,把可畏的光线射个满室,直到十一点半才退出,令人感到炎热。这公寓里还有几间空房子,我原有选择的自由的,但我终于选定了这朝东房间,我怀着喜悦而满足的心情占有它,那是有一个小小理由。

这房间靠南的墙壁上,有一个小圆窗,直径一尺左右。窗是圆的,却嵌着一块六角形的玻璃,并且左下角是打碎了,留下一个大孔隙,手可以随意伸进伸出。圆窗外面长着常春藤。当太阳照过它繁密的枝叶,透到我房里来的时候,便有一片绿影,我便是欢喜这片绿影才选定这房间的。当公寓里的伙计替我提了随身小提箱，领我到这房间来的时候，我瞥见这绿影，感觉到一种喜悦，便毫不犹疑地决定下来，这样了截爽直使公寓里伙计都惊奇了。

绿色是多宝贵的啊！它是生命，它是希望，它是慰安，它是快乐。我怀念着绿色把我的心等焦了。我欢喜看水白，我欢喜看草绿。我疲累于灰暗的都市的天空，和黄漠的平原，我怀念着绿色，如同涸辙的鱼盼等着雨水！我急不暇择的心情即使一枝之绿也视同至宝。当我在这小房中安顿下来，我移徙小台子到圆窗下，让我面朝墙壁和小窗。门虽是常开着，可没人来打扰我，因为在这古城中我是孤独而陌生。但我并不感到孤独。我忘记了困倦的旅程和已往的许多不快的记忆。我望着这小圆洞，绿叶和我对语。我了解自然无声的语言，正如它了解我的语言一样。

我快活地坐在我的窗前。度过了一个月，两个月，我留恋于这片绿色。我开始了解渡越沙漠者望见绿洲的欢喜，我开始了解航海的冒险家望见海面飘来花草的茎叶的欢喜。人是在自然中生长的，绿是自然的颜色。

我天天望着窗口常春藤的生长。看它怎样伸开柔软的卷须，攀住一根缘引它的绳索，或一茎枯枝；看它怎样舒开折叠着的嫩叶，渐渐变青，渐渐变老。我细细观赏它纤细的脉络，嫩芽，我以揠苗助长的心情，巴不得它长得快，长得茂绿。下雨的时候，我爱它淅沥的声音，婆娑的摆舞。

慢慢来，好戏都在烟火里

忽然有一种自私的念头触动了我。我从破碎的窗口伸出手去，把两枝浆液丰富的柔条牵进我的屋子里来，教它伸长到我的书案上，让绿色和我更接近，更亲密。我拿绿色来装饰我这简陋的房间，装饰我过于抑郁的心情。我要借绿色来比喻葱茏的爱和幸福，我要借绿色来比喻猗郁的年华。我囚住这绿色如同幽囚一只小鸟，要它为我作无声的歌唱。

绿的枝条悬垂在我的案前了，它依旧伸长，依旧攀缘，依旧舒放，并且比在外边长得更快。我好像发现了一种"生的欢喜"，超过了任何种的喜悦。从前我有个时候，住在乡间的一所草屋里，地面是新铺的泥土，未除净的草根在我的床下茁出嫩绿的芽苗，蕈菌在地角上生长，我不忍加以剪除。后来一个友人一边说一边笑，替我拔去这些野草，我心里还引为可惜，倒怪他多事似的。

可是每天早晨，我起来观看这被幽囚的"绿友"时，它的尖端总朝着窗外的方向。甚至于一枚细叶，一茎卷须，都朝原来的方向。植物是多固执啊！它不了解我对它的爱抚，我对它的善意。我为了这永远向着阳光生长的植物不快，因为它损害了我的自尊心。可是我囚系住它，仍旧让柔弱的枝叶垂在我的案前。

它渐渐失去了青苍的颜色，变得柔绿，变成嫩黄；枝条变成细瘦，变成娇弱，好像病了的孩子。我渐渐不能原谅我自己的过失，把天空底下的植物移锁到暗黑的室内；我渐渐为这病损的枝叶可怜，虽则我恼怒它的固执，无亲热，我仍旧不放走它。魔念在我心

第一章 | 万物有趣

中生长了。

我原是打算七月尾就回南去的。我计算着我的归期,计算这"绿囚"出牢的日子。在我离开的时候,便是它恢复自由的时候.。

卢沟桥事件发生了。担心我的朋友电催我赶速南归。我不得不变更我的计划;在七月中旬,不能再留连于烽烟四逼中的旧都,火车已经断了数天,我每日须得留心开车的消息。终于在一天早晨候到了。临行时我珍重地开释了这永不屈服于黑暗的囚人。我把瘦黄的枝叶放在原来的位置上,向它致诚意的祝福,愿它繁茂苍绿。

离开北平一年了。我怀念着我的圆窗和绿友。有一天,得重和它们见面的时候,会和我面生么?

蝉与纺织娘
郑振铎

你如果有福气独自坐在窗内,静悄悄的没一个人来打扰你,一点钟,两点钟的过去,嘴里衔着一支烟,躺在沙发上慢慢的喷着烟云,看它一白圈一白圈的升上,那末在这静境之内,你便可以听到那墙角阶前的鸣虫的奏乐。

那鸣虫的作响,真不是凡响; 如果你曾听见过曼杜令的低奏,你曾听见过一支洞箫在月下湖上独吹着;你曾听见过红楼的重幔中透漏出的弦管声,你曾听见过流水淙淙的由溪石间流过,或你曾倚在山阁上听着飒飒的松风在足下拂过,那末,你便可以把那如何清幽的鸣虫之叫声想象到一二了。

虫之乐队,因季候的关系而颇有不同,夏天与秋令的虫声,便是截然的两样。蝉之声是高旷的,享乐的,带着自己满足之意的;它高高的栖在梧桐树或竹枝上,迎风而唱,那是生之歌,生之盛年之歌,那是结婚曲,那是中世纪武士美人的大宴时的行吟诗人之歌。无论听了那叽——叽——的漫长声，或叽格——叽格——的较短声，都可同样的受到一种轻快的美感。秋虫的鸣声最复杂。但无论纺织娘的咭嘎，蜓的唧唧，金铃子之叮令，还有无数无数不可名状的秋虫之鸣声，其音调之凄抑却都是一样的；它们唱的是秋之歌，是暮年之歌，是薤露之曲。它们的歌声，是如秋风之扫落叶，怨妇之奏琵琶。孤峭而幽奇，清远而凄迷，低徊而愁肠百结。你如果是一个孤客，独宿于荒郊逆旅，一盏荧荧的油灯，对着一张板床，一张木桌，一二张硬板凳，再一听见四壁唧唧知知的虫声间作，那你今夜便不用再想稳稳的安睡了，什么愁情，乡思，以及人生之悲感，都会一串一串的从根儿勾引起来，在你心上翻来覆去，如白老鼠在戏笼中走轮盘一般，一上去便不用想下来憩息。如果你不是一个客人，你有家庭，你有很好的太太，你并没有什么闲愁胡想，那末，在你太太已睡之后，你想在书房中静静的写些东西时，这唧唧的秋虫之声却也会无端的窜入你的心里，翻掘起你向不曾有过的一种凄感呢。如果那一夜是一个月夜，天井里统是银白色，枯秃的树影，一根一条的很清朗的印在地上，那末你的感触将更深了。那也许就是所谓悲秋。

秋虫之声，大都在蝉之夏曲已告终之后出现，那正与气候之寒暖相应。但我却有一次奇异的经验；在无数的纺织娘之鸣声已来了之后，却又听得满耳的蝉声。我想我们的读者中有这种经验的人是必不多的。

慢慢来，好戏都在烟火里

我在山中，每天听见的只有蝉声，鸟声还比不上。那时天气是很热，即在山上，也觉得并不凉爽。正午的时候，躺在廊前的藤榻上，要求一点的凉风，却见满山的竹树梢头，一动也不动，看看足底下的花草，也都静静的站着，如老僧入了定似的。风扇之类既得不到，只好不断的用手巾来拭汗，不断的在摇挥那纸扇了。在这时候，往往有几缕的蝉声在槛外鸣奏着。闭了目，静静的听了它们在忽高忽低，忽断忽续，此唱彼和，仿佛是一大阵绝清幽的乐阵在那里奏着绝清幽的曲子，炎热似乎也减少了，然后，朦胧的朦胧的睡去了，什么都不觉得。良久，良久，清梦醒来时却又是满耳的蝉声。山中的蝉真多！绝早的清晨，老妈子们和小孩子们常去抱着竹竿乱摇一阵，而一只二只的蝉便要跟随了朝露而落到地上了。第一个早晨，在我们滴翠轩的左近，至少是百只以上之蝉是这样的被捉。但蝉声却并不减少。

常常的，一只蝉两只蝉，叽的一声，飞入房内，如平时我们所见青油虫及灯蛾之飞入一样。这也是必定被人所捉的。有一天，见有什么东西在槛外倒水的铅斗中咯笃咯笃的作响，俯身到槛外一看，却又是一只蝉，这当然又是一个俘虏了。还有好几次，在山脊上走时忽见矮林丛中有什么东西在动，拨开林丛一看，却也是一只蝉。它是被竹枝竹叶挡阻住了不能飞去。我把它拾在手中。同行的心南先生说，"这有什么稀奇，放走了它吧，要多少还怕没有！"我便顺手把它向风中一送，它悠悠扬扬的飞去很远很远，渐渐的不

| 第一章 | 万物有趣

见了。我想不到这只蝉就在刚才是地上拾了来的那一只!

初到时,颇想把它们捉几个寄到上海去送送人。有一次,便托了老妈子去捉。她在第二天一早,果然捉了五六只来放在一个大香烟纸盒中,不料给依真一见,她却吵着,带强迫的要去。我又托那个老妈子去捉。第二天,又捉了四五只来。依真的纸盒中却只剩下两只活的,其余的都死了。到了晚上,我的几只,也死了一半。因此,寄到上海的计划遂根本的打消了。从此以后,便也不再托人去捉,自己偶然捉来的,也都随手的放去了。那样不经久的东西,留下了它干什么用!不过孩子们却还热心的去捉。依真每天要捉至少三只以上用细绳子缚在铁杆上。有一次,曾有一只蝉居然带了红绳子逃去了;很长的一根红绳子,拖在它后面,在风中飘荡着,很有趣味。

半个月过去了;有的时候,似乎蝉声略少,第二天却又多了起来。虽然是叽——叽——的不息的鸣着,却并不觉喧扰;所以大家都不讨厌它们。我却特别的爱听它们的歌唱,那样的高旷清远的调子,在什么音乐会中可以听得到!所以我每以蝉声将绝为虑,时时的干涉孩子们的捕捉。

到了一夜,狂风大作,雨点如从水龙头上喷出似的,向槛内廊上倾倒。第二天还不放晴。再过一天,晴了,天气却很凉,蝉声乃不再听见了!全山上在鸣唱着的却换了一种咭嘎——咭嘎——的急促而凄楚的调子,那是纺织娘。

"秋天到了，"我这样的说着，颇动了归心。

再一天，纺织娘还是咭嘎咭嘎的唱着。

然而，第三天早晨，当太阳晒得满山时，蝉声却又听见了！且很不少。我初听不信；叽——叽——叽格——叽格——那确是蝉声！纺织娘之声却又潜踪了。

蝉回来了，跟它回来的是炎夏。从箱中取出的棉衣又复放入箱中。下山之计遂又打消了。

谁曾于听了纺织娘歌声之后再听见蝉的夏曲呢？这是我的一个有趣的经验。

萤
靳以

郁闷的无月夜，不知名的花的香更浓了，炎热也愈难耐了；千千万万的火萤在黑暗的海中漂浮着。那像亮在泡沫的尖顶上的一点雪白的水花，也像是照映在海面上群星的身影。

我仰起头来，天上果真就嵌满了星星，都在闪着，星是天间的萤的身影呢，还是萤是地上的星的身影？但是它们都发着光，虽然很微细，却也为夜行人照亮眼前的路。

路是很平坦，入了夜，该是毒物的世界，不是曾经看见过一尾赤练蛇横在路的中央么？它不一定要等待人们去侵犯它才张口来咬的，它就是等在那里，遇到什么生物也不放过，它是依靠吞噬他人的生命才得生存的。

可是萤却高高低低浮在空中，不但为人照亮了路边的深坑，也为人照出偃卧的毒蛇，使过路人知所趋避。

慢慢来，好戏都在烟火里

群星在天上，也用忧愁而关心的眼睛望着，它自知是发光的，就更把眼睛大了（因为疲倦，所以不得不一眨一眨的），它恨不得大声喊出来，告诉人们："在地上，夜是精灵的世界，回到你们的家中去吧，等待太阳出来了再继续你们的行程。"

可是它没有声音，因为风静止着，森林也只得守着它们的沉默。田间的水流，也因为干涸，停止它们的潺潺了。在地上，在黯黑的夜里，只有蛙发着聒噪的鸣叫，那是使人觉得郁热更其难耐，黑夜更其无边的。

守在路中的蛇也在"嘶嘶"地叫着，怕也因为没有猎取物而感到不耐吧？它也许意识到萤火对它是不利的，便高昂起头来，想用那吞吐的毒舌吸取一只两只；可是，可爱的萤火，早自飞到高处去了。

向上看，那毒蛇才又看到天上闪烁着那么多发光的眼睛，一切光，原来都是使人类幸福的，它就不得不颓然又垂下头，扭着那斑驳的身躯，不情愿地回到自己的洞穴中去了。

那成千成万的萤火虫，却一直愉快地飘着，向上飞在高空中，它的光显得细弱了，它还是落到地上来。落在树枝上，使人们看到肥大的绿叶间还有一丛丛的花朵，那香气该是它们发散出来的吧？落在路边的草上，映出那细瘦的叶尖，和那上面栖息着的一只小甲虫；落在老人的胡须上，孩子更会稚气地叫着："看，胡子像烟斗似地烧起来了，一亮一亮的。"落在骄傲的孩子的发际，她就便得意地说:"看,我的头上簪了星星!"

　　它们就是这样成夜地忙碌着,在黝黑的世界中穿行;当着太阳的光重复来到大地,它们就和天际的星星互道着辛苦隐下去了,等待暗夜复来的时候,再为人类献出它们微弱的光辉。

猫
靳以

猫好像在我生活的时日中占了很大的一部分,虽然现在一只也不再在我的身边厮扰。

当着我才进了中学,就得着了那第一只。那是从一个友人的家中抱来,很费了一番手才送到家中。她是一只黄色的,像虎一样的斑纹,只是生性却十分驯良。那时候她才生下两个月,也像其他的小猫一样欢喜跳闹,却总是被别的欺负的时候居多。友人送我的时候就这样说:

"你不是欢喜猫么,就抱去这只吧。你看她是多么可怜的样子,怕长不大就会死了。"

我都不能想那时候我是多么高兴,当我坐在车上,装在布袋中的她就放在我的腿上。呵,她是一个活着的小动物,时时会在我的腿上蠕动的。我轻轻地拍着她,她不叫也不闹,只静静地卧在那里,像一个十分懂事的东西。我还记得那是夏天,她的皮毛使我在冒着汗，我也忍耐着。到了家，我放她出来。新的天地吓得她更不敢动，她躲在墙角或是椅后那边哀哀地鸣叫。她不吃食物也不饮水，为了那份样子，几乎我又送她回去。可是过了两天或是三天，一切就都很好了。家中人都喜欢她，除开一个残忍成性的婆子。我的姊姊更爱她，每餐都是由她来照顾。

到了长成的时节，她就成为更沉默更温和的了。她从来也不曾抓伤过人，也不到厨房里偷一片鱼。她欢喜蹲在窗台上，眯着眼睛，像哲学家一样地沉思着。那时候阳光正照了她，她还要安详地用前爪在脸上抹一次又一次的。家中人会说：

"链哥儿抱来的猫，也是那样老实呵！"

到后她的子孙们却是有各样的性格。一大半送了亲友，留在家中的也看得出贤与不肖。有的竟和母亲争斗，正像一个浪子或是泼女。

她自己活得很长远，几次以为是不能再活下去了，她还能勉强地活过来，终于一只耳朵不知道为什么枯萎下去。她的脚步更迟钝了，有时鸣叫的声音都微弱得不可闻了。

她活了十几年，当着祖母故去的时候，已经入殓，还停在家中；她就躺在棺木的下面死去。想着是在夜间死去的，因为早晨发觉的时候她已经僵硬了。

住到X城的时节，我和友人B君共住了一个院子。那个城是古老而沉静的，到处都是树，清寂幽闭。因为是两个单身男子，我们的住处也正像那个城。秋天是如此,春天也是如此。墙壁粉了灰色,每到了下午便显得十分暗淡。可是不知道从哪里却跳来了一只猫,她是在我们一天晚间回来的时候发现的。我们开了灯,她正端坐在沙发的上面,看到光亮和人,一下就不知道溜到哪里去了。

我们同时都为她那美丽的毛色打动了,她的身上有着各样的颜色,她的身上包满了茸茸的长绒。我们找寻着,在书架的下面找到了。她用惊疑的眼睛望着我们,我们即刻吩咐仆人,为她弄好了肝和饭,我们故意不去看她,她就悄悄地就食去了。

从此在我们的家中,她也算是一个。

养了两个多月,在一天的清早,不知逃到哪里去了。她仍是从风门的窗格里钻出去(因为她,我们一直没有完整的纸糊在上面),到午饭时不见回来。我们想着下半天,想着晚饭的时候,可是她一直就不曾回来。

那时候,虽然少了一只小小的猫,住的地方就显得阔大寂寥起来了。当着她在我们这里的时候,那些冷清的角落,都为她跑着跳着填满了;为我们遗忘了的纸物,都由她有趣地抓了出来。一时她会跑上座灯的架上,一时她又跳上了书橱。可是她把花盆架上的一盆迎春拉到地上,碎了花盆的事也有过。记得自己真就以为她是一个有性灵的生物,申斥她,轻轻地打着她;她也就畏缩地躲在一旁,像是充分地明白了自己的过错似的。

平时最使她感觉到兴趣的事,怕就是钻进抽屉中的小睡。只要是拉开了,她就安详地走进去,于是就故意又为她关上了。过些时再拉开来,她也许还未曾醒呢?有的时候是醒了,静静地卧着,看到了外面的天地,就站起来,拱着背缓缓地伸着懒腰。她会跳上了桌子,如果是晚间,她就分去了桌灯给我的光,往返地踱着,她的影子晃来晃去的,却充满了我那狭小的天地,使我也有着闹热的感觉。突然她会为一件小小的物件吸引住了,以前爪轻轻地拨着,惊奇地注视着被转动的物件,就退回了身子,伏在那里,还是一小步一小步地退缩着——终于是猛地向前一蹿,那物件落在地上,她也随着跳下去。

我们有时候也用绒绳来逗引,看着她轻巧而窈窕地跳着。时常想到的就是"摘花赌身轻"的句子。

她的逃失呢,好像是早就想到了的。不是因为从窗里望着外面,看到其他的猫从墙头跳上跳下,她就起始也跑到外面去么?原是不知何所来,就该是不知何所去。只是顿然少去了那么一只跑着跳着的生物,所住的地方就感到更大的空洞了。想着这样的情绪也许并不是持久的,过些天或者就可以忘怀了。只是当着春天的风吹着门窗的纸,就自然地把眼睛望着她日常出入的那个窗格,还以为她又从外面钻了回来。

"走了也好,终不过是不足恃的小人呵!"

这样地想了,我们的心就像是十分安然而愉快了。

过了四个月,B君走了,那个家就留给我一个人。如果一直是冷清下来，对于那样的日子我也许能习惯了；却是日愈空寂的房子，无法使我安心地守下去。但是我也只有忍耐之一途。既不能在众人的处所中感到兴趣，除开面壁枯坐还有其他的方法么？

一天，偶然地在市集中售卖猫狗的那一部，遇到一个老妇人和一个四五岁的女孩。她问我要不要买一只猫。我就停下来，预备看一下再说。她放下在手中的竹篮，解开盖在上面的一张布，就看到一只生了黄黑斑的白猫，正自躺在那里。在她的身下看到了两只才生下不久的小猫。一只是黑的，毛的尖梢却是雪白，那一只是白的，头部生了灰灰的斑。她和我说因为要离开这里，就不得不卖了。她和我要了极合理的价钱，我答应了，付过钱，就径自去买一个竹筐来。当着我把猫放到我的筐子里，那个孩子就大声哭起来。她舍不得她的宝贝。她丢下老妇人塞到她手中的钱。那个老妇人虽是爱着孩子，却好像钱对她真有一点用，就一面哄着一面催促着我快些离开。

叫了一辆车，放上竹筐，我就回去了。留在后面的是那个孩子的哭声。

诚然如那个老妇人所说，它们是到了天堂。最初几天那两只小猫还没有张开眼，从早到晚只是咪咪地叫着。我用烂饭和牛乳喂它们，到张开了眼的时候，我才又见到那个长了灰色斑的两个眼睛是不同的：一个是黄色，一个是蓝色。

大小三只猫，也尽够我自己忙的了（不止我自己，还有那个

| 第一章 | 万物有趣

仆人）。大的一只时常要跑出去，小的就不断地叫着。它们时常在我的脚边缠绕，一不小心就被踏上一脚或是踢翻个身。它们横着身子跑，因为把米粒粘到脚上，跑着的时候就答答地响着，像生了铁蹄。它们欢喜坐在门限上望着外面，见到后院的那条狗走过，她们就咈咈地叫着，毛都竖起来，急速地跳进房里。

为了它们，每次晚间回来都不敢提起脚步来走，只是溜着，开了灯，就看到它们偎依着在椅上酣睡。

渐渐地它们能爬到我的身上来了，还爬到我的肩头，它们就像到了险境，鸣叫着，一直要我用手把它们再捧下来。

这两只猫仔，引起了许多友人的怜爱，一个过路友人离开了这个城还在信中殷殷地问到。她说过要有那么一天，把这两只猫拿走的。但是为了病着的母亲的寂寥，我就把它们带到了XX。

我先把它们的母亲送给了别人，我忘记了它们离开母亲会成为多么可怜的小动物。它们叫着。不给一刻的宁静，就是食物也不大能引着它们安下去。它们东找找西找找，然后就失望地朝了我。好像告诉我它们是失去了母亲，也要我告诉它们：母亲到了哪里？两天都是这样，我都想再把那只大猫要回来了。后来友人告诉我说是那个母亲也叫了几天，终于上了房，不知到哪里去了。

因为要搭乘火车的，我就在行前的一日把它们装到竹篮里。它们就叫，吵得我一夜也不能睡，我想着这将是一桩麻烦的事，依照路章是不能携带猫和狗的。

早晨，我放出它们喂，吃得饱饱的（那时候它们已经消失了失去母亲的悲哀），又装进竹篮里。它们就不再叫了。一直由我把它们安然地带回我的母亲的身边。

母亲的病在那时已经是很重了，可是她还是勉强地和我说笑。她爱那两只猫。它们也是立刻跳到她的身前。我十分怕看和母亲相见相别时的泪眼，这一次有这两个小东西岔开了母亲的伤心。

不久，它们就成为一种累赘了。当着母亲安睡的时候，它们也许咪咪地叫起来。当着母亲为病痛所苦的时候，它们也许要爬到她的身上。在这情形之下，我只能把她们交付了仆人，由仆人带到他自己的房中去豢养。

母亲的病使我忘记了一切的事，母亲故去了许久我才问着仆人那两只猫是否还活下来。

仆人告诉我它们还活着的，因为一时的疏忽，它们的后腿冻跛了。可是渐渐地好起来，也长大了，只是不大像从前那样洁净。

我只是应着，并没有要他把它们拿给我，因为被母亲生前所钟爱，它们已经成为我自己悲哀的种子了。

我们家的猫
老舍

猫的性格实在有些古怪。

说它老实吧,它的确有时候很乖。它会找个暖和的地方,成天睡大觉,无忧无虑,什么事也不过问。可是,它决定要出去玩玩,就会出走一天一夜,任凭谁怎么呼唤,它也不肯回来。说它贪玩吧,的确是啊,要不怎么会一天一夜不回家呢?可是,它听到老鼠的一点儿响动,又是多么尽职。它屏息凝视,一连就是几个钟头,非把老鼠等出来不可!

它要是高兴,能比谁都温柔可亲:用身子蹭你的腿,把脖子伸出来让你给它抓痒,或是在你写作的时候,跳上桌来,在稿纸上踩印几朵小梅花。它还会丰富多腔地叫唤,长短不同,粗细各异,变化多端。在不叫的时候,它还会咕噜咕噜地给自己解闷。这可都凭它的高兴。它若是不高兴啊,无论谁说多少好话,它也一声不出,连半朵小梅花也不肯印在稿纸上!

它什么都怕,总想藏起来。可是它又那么勇猛,不要说见着小虫和老鼠,就是遇上蛇也敢斗一斗。

这种古怪的小动物,真让人觉得可爱。

满月的小猫们就更好玩了,腿脚还不稳,可是已经学会淘气。妈妈的尾巴,一根鸡毛,都是它们的好玩具,耍个没完没了。一玩起来,它们不知要摔多少跟头,但是跌倒了马上起来,再跑再跌。它们的头撞在门上,桌腿上,和彼此的头上,撞疼了也不哭。它们的胆子越来越大,逐渐开辟新的游戏场所。它们到院子里来了。院中的花草可遭了殃。它们在花盆里摔跤,抱着花枝打秋千,所过之处,枝折花落。你见了,绝不会责打它们,它们是那么生气勃勃,天真可爱!

第二章
四时有景

西瓜以绳络悬之井中,下午剖食,一刀下去,喀嚓有声,凉气四溢,连眼睛都是凉的。

夏天
汪曾祺

夏天的早晨真舒服。空气很凉爽，草尖还挂着露水（蜘蛛网上也挂着露水），写大字一张，读古文一篇。夏天的早晨真舒服。

凡花大都是五瓣，栀子花却是六瓣。山歌云："栀子花开六瓣头。"栀子花粗粗大大，色白，近蒂处微绿，极香，香气简直有点叫人受不了，我的家乡人说是"碰鼻子香"。栀子花粗粗大大，又香得掸都掸不开，于是为文雅人不取，以为品格不高。栀子花说："我就是要这样香，香得痛痛快快，你们管得着吗！"

人们往往把栀子花和白兰花相比。苏州姑娘串街卖花，娇声叫卖："栀子花！白兰花！"白兰花花朵半开，娇娇嫩嫩，如象牙白色，香气文静，但有点甜俗，为上海长三堂子的"倌人"所喜，因为听说白兰花要到夜间枕上才格外地香。我觉得红"倌人"的枕上之花，不如船娘鬓边花更为刺激。

夏天的花里最为幽静的是珠兰。

牵牛花短命。早晨沾露才开,午时即已萎谢。

秋葵也命薄。瓣淡黄,白心,心外有紫晕。风吹薄瓣,楚楚可怜。

凤仙花有单瓣者,有重瓣者。重瓣者如小牡丹,凤仙花茎粗肥,湖南人用以腌"臭咸菜",此吾乡所未有。

马齿苋、狗尾巴草、益母草,都长得非常旺盛。

淡竹叶开浅蓝色小花,如小蝴蝶,很好看。叶片微似竹叶而较柔软。

"万把钩"即苍耳。因为结的小果上有许多小钩,碰到它就会挂在衣服上,得小心摘去。所以孩子叫它"万把钩"。

我们那里有一种"巴根草",贴地而长,见缝扎根,一棵草蔓延开来,长了很多根,横的,竖的,一大片。而且非常顽强,拉扯不断。很小的孩子就会唱:

巴根草,

绿茵茵。

唱个唱,

把狗听。

最讨厌的是"臭芝麻"。掏蟋蟀、捉金铃子,常常沾了一裤腿。其臭无比，很难除净。

西瓜以绳络悬之井中，下午剖食，一刀下去，喀嚓有声，凉气四溢，连眼睛都是凉的。

天下皆重"黑籽红瓤"，吾乡独以"三白"为贵：白皮、白瓤、白籽。"三白"以东墩产者最佳。

香瓜有：牛角酥，状似牛角，瓜皮淡绿色，刨去皮，则瓜肉浓绿，籽赤红，味浓而肉脆，北京亦有，谓之"羊角蜜"；虾蟆酥，不甚甜而脆，嚼之有黄瓜香；梨瓜，大如拳，白皮，白瓤，生脆有梨香；有一种较大，皮色如虾蟆，不甚甜，而极"面"，孩子们称之为"奶奶哼"，说奶奶一边吃，一边"哼"。

蝈蝈，我的家乡叫作"叫蛐子"。叫蛐子有两种。一种叫"侉叫蛐子"。那真是"侉"，跟一个叫驴子似的，叫起来"咶咶咶咶"，很吵人。喂它一点辣椒，更吵得厉害。一种叫"秋叫蛐子"，全身碧绿如玻璃翠，小巧玲珑，鸣声亦柔细。

别出声，金铃子在小玻璃盒子里爬哪！它停下来，吃两口食——鸭梨切成小骰子块。于是它叫了"丁铃铃铃"……

乘凉。

搬一张大竹床放在天井里，横七竖八一躺，浑身爽利，暑气全消。看月华。月华五色晶莹，变幻不定，非常好看。月亮周围有了一个模模糊糊的大圆圈，谓之"风圈"，近几天会刮风。"乌猪子过江了"——黑云漫过天河，要下大雨。

慢慢来，好戏都在烟火里

一直到露水下来，竹床子的栏杆都湿了，才回去，这时已经很困了，才沾藤枕（我们那里夏天都枕藤枕或漆枕），已入梦乡。

鸡头米老了，新核桃下来了，夏天就快过去了。

扬州的夏日
朱自清

扬州从隋炀帝以来，是诗人文士所称道的地方；称道的多了，称道得久了，一般人便也随声附和起来。直到现在，你若向人提起扬州这个名字，他会点头或摇头说："好地方！好地方！"特别是没去过扬州而念过些唐诗的人，在他心里，扬州真像蜃楼海市一般美丽；他若念过《扬州画舫录》一类书，那更了不得了。但在一个久住扬州像我的人，他却没有那么多美丽的幻想，他的憎恶也许掩住了他的爱好；他也许离开了三四年并不去想它。若是想呢，——你说他想什么？女人；不错，这似乎也有名，但怕不是现在的女人吧？——他也只会想着扬州的夏日，虽然与女人仍然不无关系的。

北方和南方一个大不同，在我看，就是北方无水而南方有。诚然，北方今年大雨，永定河，大清河甚至决了堤防，但这并不能算是有水；北平的三海和颐和园虽然有点儿水，但太平衍了，一览而尽，船又那么笨头笨脑的。有水的仍然是南方。扬州的夏日，好处大半便在水上——有人称为"瘦西湖",这个名字真是太"瘦"了,假西湖之名以行,"雅得这样俗",老实说,我是不喜欢的。下船的地方便是护城河,曼衍开去,曲曲折折,直到平山堂——这是你们熟悉的名字——有七八里河道,还有许多杈杈丫丫的支流。这条河其实也没有顶大的好处,只是曲折而有些幽静,和别处不同。

沿河最著名的风景是小金山,法海寺,五亭桥;最远的便是平山堂了。金山你们是知道的,小金山却在水中央。在那里望水最好,看月自然也不错——可是我还不曾有过那样福气。"下河"的人十之九是到这儿的,人不免太多些。法海寺有一个塔,和北海的一样,据说是乾隆皇帝下江南,盐商们连夜督促匠人造成的。法海寺著名的自然是这个塔;但还有一桩,你们猜不着,是红烧猪头。夏天吃红烧猪头,在理论上也许不甚相宜;可是在实际上,挥汗吃着,倒也不坏的。五亭桥如名字所示,是五个亭子的桥。桥是拱形,中一亭最高,两边四亭,参差相称;最宜远看,或看影子,也好。桥洞颇多,乘小船穿来穿去,另有风味。平山堂在蜀冈上。登堂可见江南诸山淡淡的轮廓;"山色有无中"一句话,我看是恰到好处,并不算错。这里游人较少,闲坐在堂上,可以永日。沿路光景,也以闲寂胜。从天宁门或北门下船。蜿蜒的城墙,在水里倒映着苍黝的影子,小船悠然地撑过去,岸上的喧扰像没有似的。

船有三种:大船专供宴游之用,可以打牌。小时候常跟了父亲去,在船里听着谋得利洋行的唱片。现在这样乘船的大概少了吧？其次是"小划子"，真像一瓣西瓜，由一个男人或女人用竹篙撑着。乘的人多了，便可雇两只，前后用小凳子跨着：这也可算得"方舟"了。后来又有一种"洋划"，比大船小，比"小划子"大，上支布篷，可以遮日遮雨。"洋划"渐渐地多，大船渐渐地少，然而"小划子"总是有人要的。这不独因为价钱最贱，也因为它的伶俐。一个人坐在船中，让一个人站在船尾上用竹篙一下一下地撑着，简直是一首唐诗，或一幅山水画。而有些好事的少年，愿意自己撑船，也非"小划子"不行。"小划子"虽然便宜，却也有些分别。譬如说，你们也可想到的，女人撑船总要贵些；姑娘撑的自然更要贵啰。这些撑船的女子，便是有人说过的"瘦西湖上的船娘"。船娘们的故事大概不少，但我不很知道。据说以乱头粗服，风趣天然为胜；中年而有风趣，也仍然算好。可是起初原是逢场作戏，或尚不伤廉惠；以后居然有了价格，便觉意味索然了。

北门外一带，叫作下街，"茶馆"最多，往往一面临河。船行过时，茶客与乘客可以随便招呼说话。船上人若高兴时，也可以向茶馆中要一壶茶，或一两种"小笼点心"，在河中喝着，吃着，谈着。回来时再将茶壶和所谓小笼，连价款一并交给茶馆中人。撑船的都与茶馆相熟，他们不怕你白吃。扬州的小笼点心实在不错：我离开扬州，也走过七八处大大小小的地方，还没有吃过那样好的点心；这其实是值得惦记的。茶馆的地方大致总好，名字也颇有好的。如香影廊，绿杨村，红叶山庄，都是到现在还记得的。绿杨村的幌子，挂在绿杨树上，随风飘展，使人想起"绿杨城郭是扬州"的名句。里面还有小池，丛竹，茅亭，景物最幽。这一带的茶馆布置都利落有致，迥非上海、北平方方正正的茶楼可比。

"下河"总是下午。傍晚回来，在暮霭朦胧中上了岸，将大褂折好搭在腕上，一手微微摇着扇子；这样进了北门或天宁门走回家中。这时候可以念"又得浮生半日闲"那一句诗了。

秋
丰子恺

我的年岁上冠用了"三十"二字,至今已两年了。不解达观的我,从这两个字上受到了不少的暗示与影响。虽然明明觉得自己的体格与精力比二十九岁时全然没有什么差异,但"三十"这一个观念笼在头上,犹之张了一顶阳伞,使我的全身蒙了一个暗淡色的阴影,又仿佛在日历上撕过了立秋的一页以后,虽然太阳的炎威依然没有减却,寒暑表上的热度依然没有降低,然而只当得余威与残暑,或霜降木落的先驱,大地的节候已从今移交于秋了。

实际,我两年来的心情与秋最容易调和而融合。这情形与从前不同。在往年,我只慕春天。我最欢喜杨柳与燕子。尤其欢喜初染鹅黄的嫩柳。我曾经名自己的寓居为"小杨柳屋",曾经画了许多杨柳燕子的画,又曾经摘取秀长的柳叶,在厚纸上裱成各种风调的眉,想象这等眉的所有者的颜貌,而在其下面添描出眼鼻与口。那时候我每逢早春时节,正月二月之交,看见杨柳枝的线条上挂了细珠，带了隐隐的青色而"遥看近却无"的时候，我心中便充满了一种狂喜，这狂喜又立刻变成焦虑，似乎常常在说："春来了！不要放过！赶快设法招待它，享乐它，永远留住它。"我读了"良辰美景奈何天"等句，曾经真心地感动。以为古人都太息一春的虚度，前车可鉴！到我手里绝不放它空过了。最是逢到了古人惋惜最深的寒食清明，我心中的焦灼便更甚。那一天我总想有一种足以充分酬偿这佳节的举行。我准拟作诗，作画，或痛饮，漫游。虽然大多不被实行；或实行而全无效果，反而中了酒，闹了事，换得了不快的回忆，但我总不灰心，总觉得春的可恋。我心中似乎只有知道春，别的三季在我都当作春的预备，或待春的休息时间，全然不曾注意到它们的存在与意义。而对于秋，尤无感觉：因为夏连续在春的后面，在我可当作春的过剩；冬先行在春的前面，在我可当作春的准备；独有与春全无关联的秋，在我心中一向没有它的位置。

自从我的年龄告了立秋以后，两年来的心境完全转了一个方向，也变成秋天了。然而情形与前不同：并不是在秋日感到像昔日的狂喜与焦灼。我只觉得一到秋天，自己的心境便十分调和。非但没有那种狂喜与焦灼，且常常被秋风秋雨秋色秋光所吸引而融化在秋中，暂时失却了自己的所在。而对于春，又并非像昔日对于秋的无感觉。我现在对于春非常厌恶。每当万象回春的时候，看到群花的斗艳，蜂蝶的扰攘，以及草木昆虫等到处争先恐后地滋生蕃殖的状态，我觉得天地间的凡庸、贪婪，无耻与愚痴，无过于此了！尤其是在青春的时候，看到柳条上挂了隐隐的绿珠，桃枝上着了点点的红斑，最使我觉得可笑又可怜。我想唤醒一个花蕊来对它说："啊！你也来反复这老调了！我眼看见你的无数的祖先，个个同你一样地出世，个个努力发展，争荣竞秀，不久没有一个不憔悴而化泥尘。你何苦也来反复这老调呢？如今你已长了这孽根，将来看你弄娇弄艳，装笑装颦，招致了蹂躏，摧残，攀折之苦，而步你的祖先们的后尘！"

实际，迎送了三十几次的春来春去的人，对于花事早已看得厌倦，感觉已经麻木，热情已经冷却，决不会再像初见世面的青年少女地为花的幻姿所诱惑而赞之，叹之，怜之，惜之了。况且天地万物，没有一件逃得出荣枯，盛衰，生灭，有无之理。过去的历史昭然地证明着这一点，无须我们再说。古来无数的诗人千篇一律地为伤春惜花费词，这种效颦也觉得可厌。假如要我对于世间的生荣死灭费一点词，我觉得生荣不足道，而宁愿欢喜赞叹一切的死灭。对于前者的贪婪，愚昧与怯弱，后者的态度何等谦逊，悟达，而伟大！我对于春与秋的舍取，也是为了这一点。

夏目漱石三十岁的时候，曾经这样说："人生二十而知有生的利益；二十五而知有明之处必有暗；至于三十岁的今日，更知明多之处暗亦多，欢浓之时愁亦重。"我现在对于这话也深抱同感；有时又觉得三十的特征不止这一端，其更特殊的是对于死的体感。青年们恋爱不遂的时候惯说生生死死，然而这不过是知有"死"的一回事而已,不是体感。犹之在饮冰挥扇的夏日,不能体感到围炉拥衾的冬夜的滋味。就是我们阅历了三十几度寒暑的人,在前几天的炎阳之下也无论如何感不到浴日的滋味。围炉、拥衾、浴日等事,在夏天的人的心中只是一种空虚的知识,不过晓得将来须有这些事而已,但是不能体感它们的滋味。须得入了秋天,炎阳逞尽了威势而渐渐退却,汗水浸胖了的肌肤渐渐收缩,身穿单衣似乎要打寒噤,而手触法郎绒觉得快适的时候,于是围炉,拥衾,浴日等知识方能渐渐融入体验界中而化为体感。我的年龄告了立秋以后,心境中所起的最特殊的状态便是这对于"死"的体感。以前我的思虑真疏浅!以为春可以常在人间,人可以永在青年,竟完全没有想到死。又以为人生的意义只在于生,而我的一生最有意义,似乎我是不会死的。直到现在,仗了秋的慈光的鉴照,死的灵气钟育,才知道生的甘苦悲欢,是天地间反复过亿万次的老调,又何足珍惜?我但求此生的平安的度送与脱出而已。犹之罹了疯狂的人,病中的颠倒迷离何足计较?但求其去病而已。

我正要搁笔,忽然西窗外黑云弥漫,天际闪出一道电光,发出隐隐的雷声,骤然洒下一阵夹着冰雹的秋雨。啊!原来立秋过得不多天,秋心稚嫩而未曾老练,不免还有这种不调和的现象,可怕哉!

故都的秋
郁达夫

秋天，无论在什么地方的秋天，总是好的；可是啊，北国的秋，却特别地来得清，来得静，来得悲凉。我的不远千里，要从杭州赶上青岛，更要从青岛赶上北平来的理由，也不过想饱尝一尝这"秋"，这故都的秋味。

江南，秋当然也是有的；但草木凋得慢，空气来得润，天的颜色显得淡，并且又时常多雨而少风；一个人夹在苏州上海杭州，或厦门香港广州的市民中间，浑浑沌沌地过去，只能感到一点点清凉，秋的味，秋的色，秋的意境与姿态，总看不饱，尝不透，赏玩不到十足。秋并不是名花，也并不是美酒，那一种半开半醉的状态，在领略秋的过程上，是不合适的。

不逢北国之秋，已将近十余年了。在南方每年到了秋天，总要想起陶然亭的芦花，钓鱼台的柳影，西山的虫唱，玉泉的夜月，潭柘寺的钟声。在北平即使不出门去吧，就是在皇城人海之中，租

> 慢慢来，好戏都在烟火里

人家一椽破屋来住着，早晨起来，泡一碗浓茶，向院子一坐，你也能看得到很高很高的碧绿的天色，听得到青天下驯鸽的飞声。从槐树叶底，朝东细数着一丝一丝漏下来的日光，或在破壁腰中，静对着像喇叭似的牵牛花（朝荣）的蓝朵，自然而然地也能够感觉到十分的秋意。说到了牵牛花，我以为以蓝色或白色者为佳，紫黑色次之，淡红色最下。最好，还要在牵牛花底，教长着几根疏疏落落的尖细且长的秋草，使作陪衬。

北国的槐树，也是一种能使人联想起秋来的点缀。像花而又不是花的那一种落蕊，早晨起来，会铺得满地。脚踏上去，声音也没有，气味也没有，只能感出一点点极微细极柔软的触觉。扫街的在树影下一阵扫后，灰土上留下来的一条条扫帚的丝纹，看起来既觉得细腻，又觉得清闲，潜意识下并且还觉得有点儿落寞，古人所说的梧桐一叶而天下知秋的遥想，大约也就在这些深沉的地方。

秋蝉的衰弱的残声，更是北国的特产；因为北平处处全长着树，屋子又低，所以无论在什么地方，都听得见它们的啼唱。在南方是非要上郊外或山上去才听得到的。这秋蝉的嘶叫，在北方可和蟋蟀耗子一样，简直像是家家户户都养在家里的家虫。

还有秋雨哩，北方的秋雨，也似乎比南方的下得奇，下得有味，下得更像样。

在灰沉沉的天底下，忽而来一阵凉风，便息列索落地下起雨来了。一层雨过，云渐渐地卷向了西去，天又青了，太阳又露出脸来了；著着很厚的青布单衣或夹袄的都市闲人，咬着烟管，在雨后的斜桥影里，上桥头树底下去一立，遇见熟人，便会用了缓慢悠闲的声调，微叹着互答着地说：

"唉，天可真凉了——"（这了字念得很高，拖得很长。）

"可不是么？一层秋雨一层凉了！"

北方人念阵字，总老像是层字，平平仄仄起来，这念错的歧韵，倒来得正好。

北方的果树，到秋天，也是一种奇景。第一是枣子树，屋角，墙头，茅房边上，灶房门口，它都会一株株地长大起来。像橄榄又像鸽蛋似的这枣子颗儿，在小椭圆形的细叶中间，显出淡绿微黄的颜色的时候，正是秋的全盛时期；等枣树叶落，枣子红完，西北风就要起来了，北方便是沙尘灰土的世界，只有这枣子，柿子，葡萄，成熟到八九分的七八月之交，是北国的清秋的佳日，是一年之中最好也没有的Golden Days。

有些批评家说，中国的文人学士，尤其是诗人，都带着很浓厚的颓废的色彩，所以中国的诗文里，颂赞秋的文字特别的多。但外国的诗人，又何尝不然？我虽则外国诗文念得不多，也不想开出账来，做一篇秋的诗歌散文钞，但你若去一翻英德法意等诗人的集子，或各国的诗文的Anthology来，总能够看到许多关于秋的歌颂和悲啼。各著名的大诗人的长篇田园诗或四季诗里，也总以关于秋的部分，写得最出色而最有味。足见有感觉的动物，有情趣的人类,对于秋,总是一样地特别能引起深沉,幽远,严厉,萧索的感触来的。不单是诗人,就是被关闭在牢狱里的囚犯,到了秋天,我想也一定能感到一种不能自已的深情;秋之于人,何尝有国别,更何尝有人种阶级的区别呢?不过在中国,文字里有一个"秋士"的成语,读本里又有着很普遍的欧阳子的《秋声》与苏东坡的《赤壁赋》等,就觉得中国的文人,与秋的关系特别深了,可是这秋的深味,尤其是中国的秋的深味,非要在北方,才感受得到底。

  南国之秋,当然是也有它的特异的地方的,比如廿四桥的明月,钱塘江的秋潮,普陀山的凉雾,荔枝湾的残荷等等,可是色彩不浓,回味不永。比起北国的秋来,正像是黄酒之与白干,稀饭之与馍馍,鲈鱼之与大蟹,黄犬之与骆驼。

  秋天,这北国的秋天,若留得住的话,我愿把寿命的三分之二折去,换得一个三分之一的零头。

江南的冬景
郁达夫

凡在北国过过冬天的人,总都道围炉煮茗,或吃煊羊肉,剥花生米,饮白干的滋味。而有地炉,暖炕等设备的人家,不管它门外面是雪深几尺,或风大若雷,而躲在屋里过活的两三个月的生活,却是一年之中最有劲的一段蛰居异境;老年人不必说,就是顶喜欢活动的小孩子们,总也是个个在怀恋的,因为当这中间,有的萝卜,雅儿梨等水果的闲食,还有大年夜,正月初一元宵等热闹的节期。

但在江南,可又不同;冬至过后,大江以南的树叶,也不至于脱尽。寒风——西北风——间或吹来,至多也不过冷了一日两日。到得灰云扫尽,落叶满街,晨霜白得像黑女脸上的脂粉似的清早,太阳一上屋檐,鸟雀便又在吱叫,泥地里便又放出水蒸气来,老翁小孩就又可以上门前的隙地里去坐着曝背谈天,营屋外的生涯了;这一种江南的冬景,岂不也可爱得很么?

慢慢来,好戏都在烟火里

我生长在江南,儿时所受的江南冬日的印象,铭刻特深;虽则渐入中年,又爱上了晚秋,以为秋天正是读读书,写写字的人的最惠节季,但对于江南的冬景,总觉得是可以抵得过北方夏夜的一种特殊情调,说得摩登些,便是一种明朗的情调。

我也曾到过闽粤,在那里过冬天,和暖原极和暖,有时候到了阴历的年边,说不定还不得不拿出纱衫来着;走过野人的篱落,更还看得见许多杂七杂八的秋花!一番阵雨雷鸣过后,凉冷一点,至多也只好换上一件夹衣,在闽粤之间,皮袍棉袄是绝对用不着的;这一种极南的气候异状,并不是我所说的江南的冬景,只能叫它作南国的长春,是春或秋的延长。

江南的地质丰腴而润泽,所以含得住热气,养得住植物;因而长江一带,芦花可以到冬至而不败,红叶也有时候会保持得三个月以上的生命。像钱塘江两岸的乌桕树,则红叶落后,还有雪白的桕子着在枝头,一点一丛,用照相机照将出来,可以乱梅花之真。草色顶多成了赭色,根边总带点绿意,非但野火烧不尽,就是寒风也吹不倒的。若遇到风和日暖的午后,你一个人肯上冬郊去走走,则青天碧落之下,你不但感不到岁时的肃杀,并且还可以饱觉着一种莫名其妙的含蓄在那里的生气;"若是冬天来了,春天也总马上会来"的诗人的名句,只有在江南的山野里,最容易体会得出。

说起了寒郊的散步,实在是江南的冬日,所给与江南居住者的一种特异的恩惠;在北方的冰天雪地里生长的人,是终他的一生,也决不会有享受这一种清福的机会的。我不知道德国的冬天，比起我们江浙来如何，但从许多作家的喜欢以Spaziergang一字来做他们的创作题目的一点看来，大约是德国南部地方，四季的变迁，总也和我们的江南差仿不多。譬如说十九世纪的那位乡土诗人洛在格（Peter Rosegger，1843-1918）吧，他用这一个"散步"做题目的文章尤其写得多，而所写的情形，却又是大半可以拿到中国江浙的山区地方来适用的。

江南河港交流，且又地滨大海，湖沼特多，故空气里时含水分；到得冬天，不时也会下着微雨，而这微雨寒村里的冬霖景象，又是一种说不出的悠闲境界。你试想想，秋收过后，河流边三五家人家会聚在一道的一个小村子里，门对长桥，窗临远阜，这中间又多是树枝槎丫的杂木树林；在这一幅冬日农村的图上，再洒上一层细得同粉也似的白雨，加上一层淡得几不成墨的背景，你说还够不够悠闲？若再要点景致进去，则门前可以泊一只乌篷小船，茅屋里可以添几个喧哗的酒客，天垂暮了，还可以加一味红黄，在茅屋窗中画上一圈暗示着灯光的月晕。人到了这一个境界，自然会得胸襟洒脱起来，终至于得失俱亡，死生不问了；我们总该还记得唐朝那位诗人做的"暮雨潇潇江上村"的一首绝句吧？诗人到此，连对绿林豪客都客气起来了，这不是江南冬景的迷人又是什么？

一提到雨，也就必然的要想到雪："晚来天欲雪，能饮一杯无？"自然是江南日暮的雪景。"寒沙梅影路，微雪酒香村"，则

慢慢来，好戏都在烟火里

雪月梅的冬宵三友，会合在一道，在调戏酒姑娘了。"柴门闻犬吠，风雪夜归人"，是江南雪夜，更深人静后的景况。"前村深雪里，昨夜一枝开"又到了第二天的早晨，和狗一样喜欢弄雪的村童来报告村景了。诗人的诗句，也许不尽是在江南所写，而做这几句诗的诗人，也许不尽是江南人，但假了这几句诗来描写江南的雪景，岂不直截了当，比我这一枝愚劣的笔所写的散文更美丽得多？

有几年，在江南也许会没有雨没有雪的过一个冬，到了春间阴历的正月底或二月初再冷一冷下一点春雪的；去年（一九三四）的冬天是如此，今年的冬天恐怕也不得不然，以节气推算起来，大约太冷的日子，将在一九三六年的二月尽头，最多也总不过是七八天的样子。像这样的冬天，乡下人叫作旱冬，对于麦的收成或者好些，但是人口却要受到损伤；旱得久了，白喉、流行性感冒等疾病自然容易上身，可是想恣意享受江南的冬景的人，在这一种冬天，倒只会得到快活一点，因为晴和的日子多了，上郊外去闲步逍遥的机会自然也多；日本人叫作hiking，德国人叫作Spaziergang狂者，所最欢迎的也就是这样的冬天。

窗外的天气晴朗得像晚秋一样；晴空的高爽，日光的洋溢，引诱得使你在房间里坐不住，空言不如实践；这一种无聊的杂文，我也不再想写下去了，还是拿起手杖，搁下纸笔，上湖上散散步吧！

冬天
汪曾祺

天冷了,堂屋里上了槅子。槅子,是春暖时卸下来的,一直在厢屋里放着。现在,搬出来,刷洗干净了,换了新的粉连纸,雪白的纸。上了槅子,显得严紧,安适,好像生活中多了一层保护。家人闲坐,灯火可亲。

床上拆了帐子,铺了稻草。洗帐子要拉一个晴朗的好天,当天就晒干。夏布的帐子,晾在院子里,夏天离得远了。稻草装在一个布套里,粗布的,和床一般大。铺了稻草,暄腾腾的,暖和,而且有稻草的香味,使人有幸福感。

不过也还是冷的。南方的冬天比北方难受,屋里不升火。晚上脱了棉衣,钻进冰凉的被窝里,早起,穿上冰凉的棉袄棉裤,真冷。

放了寒假,就可以睡懒觉。棉衣在铜炉子上烘过了,起来就不是很困难了。尤其是,棉鞋烘得热热的,穿进去真是舒服。

慢慢来，好戏都在烟火里

我们那里生烧煤的铁火炉的人家很少。一般取暖，只是铜炉子，脚炉和手炉。脚炉是黄铜的，有多眼的盖。里面烧的是粗糠。粗糠装满，铲上几铲没有烧透的芦柴火（我们那里烧芦苇，叫做"芦柴"）的红灰盖在上面。粗糠引着了，冒一阵烟，不一会儿，烟尽了，就可以盖上炉盖。粗糠慢慢延烧，可以经很久。老太太们离不开它。闲来无事，抹抹纸牌，每个老太太脚下都有一个脚炉。脚炉里粗糠太实了，空气不够，火力渐微，就要用"拨火板"沿炉边挖两下，把粗糠拨松，火就旺了。脚炉暖人。脚不冷则周身不冷。焦糠的气味也很好闻。仿日本俳句，可以作一首诗："冬天，脚炉焦糠的香。"手炉较脚炉小，大都是白铜的，讲究的是银制的。炉盖不是一个一个圆窟窿，大都是镂空的松竹梅花图案。手炉有极小的，中置炭墼（煤炭研为细末，略加蜜，筑成饼状），以纸煤头引着。一个炭墼能经一天。

冬天吃的菜，有乌青菜、冻豆腐、咸菜汤。乌青菜塌棵，平贴地面，江南谓之"塌苦菜"，此菜味微苦。我的祖母在后园辟小片地，种乌青菜，经霜，菜叶边缘作紫红色，味道苦中泛甜。乌青菜与"蟹油"同煮，滋味难比。"蟹油"是以大螃蟹煮熟剔肉，加猪油"炼"成的，放在大海碗里，凝成蟹冻，久贮不坏，可吃一冬。豆腐冻后，不知道为什么是蜂窝状。化开，切小块，与鲜肉、咸肉、牛肉、海米或咸菜同煮，无不佳。冻豆腐宜放辣椒、青蒜。

我们那里过去没有北方的大白菜,只有"青菜"。大白菜是从山东运来的,美其名曰"黄芽菜",很贵。"青菜"似油菜而大,高二尺,是一年四季都有的,家家都吃的菜。咸菜即是用青菜腌的。阴天下雪,喝咸菜汤。

冬天的游戏:踢毽子,抓子儿,下"逍遥"。"逍遥"是在一张正方的白纸上,木版印出螺旋的双道,两道之间印出八仙、马、兔子、鲤鱼、虾;每样都是两个,错落排列,不依次序。玩的时候各执铜钱或象棋子为子儿,掷骰子,如果骰子是五点,自"起马"处数起,向前走五步,是兔子,则可向内圈寻找另一只兔子,以子儿押在上面。下一轮开始,自里圈兔子处数起,如是六点,进六步,也许是铁拐李,就寻另一个铁拐李,把子儿押在那个铁拐李上。如果数数至里圈的什么图上,则到外圈去找,退回来。点数够了,子儿能进终点(终点是一座宫殿式的房子,不知是月宫还是龙门),就算赢了。次后进入的为"二家"、"三家"。"逍遥"两个人玩也可以,三四个人玩也可以。不知道为什么叫做"逍遥"。

早起一睁眼,窗户纸上亮晃晃的,下雪了!雪天,到后园去折腊梅花、天竺果。明黄色的腊梅、鲜红的天竺果、白雪,生意盎然。腊梅开得很长,天竺果尤为耐久,插在胆瓶里,可经半个月。

春粉子。有一家邻居,有一架碓。这架碓平常不大有人用,只在冬天由附近的一二十家轮流借用。碓屋很小,除了一架碓,只

慢慢来,好戏都在烟火里

有一些筛子、箩。踩碓很好玩,用脚一踏,吱扭一声,碓嘴扬了起来,嘭的一声,落在碓窝里。粉子舂好了,可以蒸糕,做"年烧饼"(糯米粉为蒂,包豆沙白糖,作为饼,在锅里烙熟),搓圆子(即汤团)。舂粉子,就快过年了。

初冬浴日漫感

丰子恺

离开故居一两个月,一旦归来,坐到南窗下的书桌旁时第一感到异样的,是小半书桌的太阳光。原来夏已去,秋正尽,初冬方到,窗外的太阳已随分南倾了。

把椅子靠在窗缘上,背着窗坐了看书,太阳光笼罩了我的上半身。它非但不像一两月前地使我讨厌,反使我觉得暖烘烘地快适。这一切生命之母的太阳似乎正在把一种祛病延年,起死回生的乳汁,通过了他的光线而流注到我的体中来。

我掩卷冥想:我吃惊于自己的感觉,为什么忽然这样变了?前日之所恶变成了今日之所欢;前日之所弃变成了今日之所求;前日之仇变成了今日之恩。张眼望见了弃置在高阁上的扇子,又吃一惊。前日之所欢变成了今日之所恶;前日之所求变成了今日之所弃;前日之恩变成了今日之仇。

忽又自笑:"夏日可畏,冬日可爱"以及"团扇弃捐",乃

慢慢来,好戏都在烟火里

古之名言,夫人皆知,又何足吃惊?于是我的理智屈服了。但是我的感觉仍不屈服,觉得当此炎凉递变的交代期上,自有一种异样的感觉,足以使我吃惊。这仿佛是太阳已经落山而天还没有全黑的傍晚时光:我们还可以感到昼,同时已可以感到夜。又好比一脚已跨上船而一脚尚在岸上的登舟时光:我们还可以感到陆,同时已可以感到水。我们在夜里固皆知道有昼,在船上固皆知道有陆,但只是"知道"而已,不是"实感"。我久被初冬的日光笼罩在南窗下,身上发出汗来,渐渐润湿了衬衣。当此之时,浴日的"实感"与挥扇的"实感"在我身中混成一气,这不是可吃惊的经验吗?

于是我索性抛书,躺在墙角的藤椅里,用了这种混成的实感而环视室中,觉得有许多东西大变了相。有的东西变好了:像这个房间,在夏天常嫌其太小,洞开了一切窗门,还不够,几乎想拆去墙壁才好。但现在忽然大起来,大得很!不久将要用屏帏把它隔小来了。又如案上这把热水壶,以前曾被茶缸驱逐到碗橱的角里,现在又像纪念碑似的矗立在眼前了。棉被从前在伏日里晒的时候,大家讨嫌它既笨且厚,现在铺在床里,忽然使人悦目,样子也薄起来了。沙发椅子曾经想卖掉,现在幸而没有人买去。从前曾经想替黑猫脱下皮袍子,现在却羡慕它了。反之,有的东西变坏了:像风,从前人遇到了它都称"快哉!"欢迎它进来。现在渐渐拒绝它,不久要像防贼一样严防它入室了。又如竹榻,以前曾为众人所宝,极一时之荣。现在已无人问津,形容枯槁,毫无生气了。壁上一张汽水广告画。角上画着一大瓶汽水和一只泛溢着白泡沫的玻璃杯，下面画着海水浴图。以前望见汽水图口角生津，看了海水浴图恨不得自己做了画中人，现在这幅画几乎使人打寒噤了。裸体的洋囡囡趺坐在窗口的小书架上，以前觉得它太写意，现在看它可怜起来。希腊古代名雕的石膏模型Venus立像，把裙子褪在大腿边，高高地独立在凌空的花盆架上。我在夏天看见她的脸孔是带笑的，这几天望去忽觉其容有戚，好像在悲叹她自己失却了两只手臂，无法拉起裙子来御寒。

其实，物何尝变相？是我自己的感觉变叛了。感觉何以能变叛？是自然教它的。自然的命令何其严重：夏天不由你不爱风，冬天不由你不爱日。自然的命令又何其滑稽：在夏天定要你赞颂冬天所诅咒的，在冬天定要你诅咒夏天所赞颂的！

人生也有冬夏。童年如夏，成年如冬；或少壮如夏，老大如冬。在人生的冬夏，自然也常教人的感觉变叛，其命令也有这般严重，又这般滑稽。

春风
老舍

济南与青岛是多么不相同的地方呢!一个设若比作穿肥袖马褂的老先生,那一个便应当是摩登的少女。可是这两处不无相似之点。拿气候说吧,济南的夏天可以热死人,而青岛是有名的避暑所在;冬天,济南也比青岛冷。但是,两地的春秋颇有点相同。济南到春天多风,青岛也是这样;济南的秋天是长而晴美,青岛亦然。

对于秋天,我不知应爱哪里的:济南的秋是在山上,青岛的是海边。济南是抱在小山里的;到了秋天,小山上的草色在黄绿之间,松是绿的,别的树叶差不多都是红与黄的。就是那没树木的山上,也增多了颜色——日影、草色、石层,三者能配合出种种的条纹,种种的影色。配上那光暖的蓝空,我觉到一种舒适安全,只想在山坡上似睡非睡的躺着,躺到永远。青岛的山——虽然怪秀美——不能与海相抗,秋海的波还是春样的绿,可是被清凉的蓝空给开拓出老远,平日看不见的小岛清楚的点在帆外。这远到天边的绿水使我不愿思想而不得不思想；一种无目的的思虑，要思虑而心中反倒空虚了些。济南的秋给我安全之感，青岛的秋引起我甜美的悲哀。我不知应当爱哪个。

两地的春可都被风给吹毁了。所谓春风，似乎应当温柔，轻吻着柳枝，微微吹皱了水面，偷偷的传送花香，同情的轻轻掀起禽鸟的羽毛。济南与青岛的春风都太粗猛。济南的风每每在丁香海棠开花的时候把天刮黄，什么也看不见，连花都埋在黄暗中，青岛的风少一些沙土，可是狡猾，在已很暖的时节忽然来一阵或一天的冷风，把一切都送回冬天去，棉衣不敢脱，花儿不敢开，海边翻着愁浪。

两地的风都有时候整天整夜的刮。春夜的微风送来雁叫，使人似乎多些希望。整夜的大风，门响窗户动，使人不英雄的把头埋在被子里；即使无害，也似乎不应该如此。对于我，特别觉得难堪。我生在北方，听惯了风，可也最怕风。听是听惯了，因为听惯才知道那个难受劲儿。它老使我坐卧不安，心中游游摸摸的，干什么不好，不干什么也不好。它常常打断我的希望：听见风响，我懒得出门，觉得寒冷，心中渺茫。春天仿佛应当有生气，应当有花草，这样的野风几乎是不可原谅的！我倒不是个弱不禁风的人，虽然身体不很足壮。我能受苦，只是受不住风。别种的苦处，多少是在一个地方，多少有个原因，多少可以设法减除；对风是干没办法。总不在一个地方，到处随时使我的脑子晃动，像怒海上的船。它使我说不出为什么苦痛,而且没法子避免。它自由的刮,我死受着苦。我不能和风去讲理或吵架。单单在春天刮这样的风!可是跟谁讲理去呢?苏杭的春天应当没有这不得人心的风吧?我不准知道,而希望如此。好有个地方去"避风"呀!

北平的春天
周作人

北平的春天似乎已经开始了,虽然我还不大觉得。立春已过了十天,现在是七九六十三的起头了,布衲摊在两肩,穷人该有欣欣向荣之意。

光绪甲辰即一九〇四年小除那时,我在江南水师学堂曾作一诗云:

一年倏就除,风物何凄紧。百岁良悠悠,向日催人尽。既不为大椿,便应如朝菌。一死息群生,何处问灵蠢。

但是第二天除夕我又作了这样一首云:

东风三月烟花好,凉意千山云树幽,冬最无情今归去,明朝又得及春游。

慢慢来，好戏都在烟火里

这诗是一样的不成东西，不过可以表示我总是很爱春天的。春天有什么好呢，要讲他的力量及其道德的意义，最好去查盲诗人爱罗先珂的抒情诗的演说，那篇世界语原稿是由我笔录，译本也是我写，所以约略都还记得，但是这里誊录自然也更可不必了。春天的是官能的美，是要去直接领略的，关门歌颂一无是处，所以这里抽象的话暂且割爱。

且说我自己的关于春的经验，都是与游有相关的。古人虽说以鸟鸣春，但我觉得还是在别方面更感到春的印象，即是水与花木。迂阔地说一句，或者这正是活物的根本的缘故罢。小时候，在春天总有些出游的机会，扫墓与香市是主要的两件事，而通行只有水路，所在又多是山上野外，那么这水与花木自然就不会缺少的。香市是公众的行事，禹庙南镇香炉峰为其代表。扫墓是私家的，会稽的乌石头调马场等地方至今在我的记忆中还是一种代表的春景。庚子年三月十六日的日记云：

晨坐船出东郭门，挽纤行十里，至绕门山，今称东湖，为陶心云先生所创修，堤计长二百丈，皆植千叶桃垂柳及女贞子各树，游人颇多。又三十里至富盛埠，乘兜桥过市行三里许，越岭，约千余级。山中映山红、牛郎花甚多，又有蕉藤数株，着花蔚蓝色，状如豆花，结实即刀豆也，可入药。路旁皆竹林，竹萌之出土者粗于碗口而长仅二三寸，颇为可观。忽闻有声如鸡鸣，阁阁然，山谷皆响，问之轿夫，云系雉鸡叫也。又二里许过一溪，阔数丈，水没及骭，舁者乱流而渡，水中圆石颗颗，大如鹅卵，整洁可喜。行一二里至墓所，松柏夹道，颇称闳壮。方祭时，小雨簌簌落衣袂间，幸即晴霁。下山午餐，下午开船。将进城门，忽天色如墨，雷电并作，大雨倾注，至家不息。

旧事重提，本来没有多大意思，这里只是举个例子，说明我春游的观念而已。我们本是水乡的居民，平常对于水不觉得怎么新奇，要去临流赏玩一番，可是生平与水太相习了，自有一种情分，仿佛觉得生活的美与悦乐之背景里都有水在，由水而生的草木次之，禽虫又次之。我非不喜欢禽虫，但它总离不了草木，不但是吃食，也实是必要的寄托，盖即使以鸟鸣春，这鸣也得在枝头或草原上才好，若是雕笼金锁，无论怎样的鸣得起劲，总使人听了索然兴尽也。

话休烦絮。到底北京的春天怎么样了呢？老实说，我住在北京和北平已将二十年，不可谓不久矣，对于春游却并无什么经验。妙峰山虽热闹，尚无暇瞻仰，清明郊游只有野哭可听耳。北平缺少水气，使春光减了成色，而气候变化稍剧，春天似不曾独立存在，如不算它是夏的头，亦不妨称为冬的尾，总之风和日暖让我们着了单袷可以随意倘佯的时候真是极少，刚觉得不冷就要热了起来了。不过这春的季候自然还是有的。第一，冬之后明明是春，且不说节气上的立春也已过了。第二,生物的发生当然是春的证据,牛山和尚诗云,春叫猫儿猫叫春,是也。人在春天却只是懒散,雅人称曰春困,这似乎是别一种表示。所以北平到底还是有他的春天,不过太慌张一点了,又欠腴润一点,叫人有时来不及尝他的味儿,有时尝了觉得稍枯燥了,虽然名字还叫作春天,但是实在就把他当作冬的尾,要不然便是夏的头,反正这两者在表面上虽差得远,实际上对于不大承认他是春天原是一样的。

  我倒还是爱北平的冬天。春天总是故乡的有意思,虽然这是三四十年前的事,现在怎么样我不知道。至于冬天,就是三四十年前的故乡的冬天我也不喜欢:那些手脚生冻瘃,半夜里醒过来像是悬空挂着似的上下四旁都是冷气的感觉,很不好受,在北平的纸糊过的屋子里就不会有的。在屋里不苦寒,冬天便有一种好处,可以让人家作事:手不僵冻,不必炙砚呵笔,于我们写文章的人大有利益。北平虽几乎没有春天,我并无什么不满意,盖吾以冬读代春游之乐久矣。

第三章

人间有情

人,即使活到八九十岁,有母亲便可以多少还有点孩子气。失了慈母便像花插在瓶子里,虽然还有色有香,却失去了根。

梦痕[1]
丰子恺

我的左额上有一条同眉毛一般长短的疤。这是我儿时游戏中在门槛上跌破了头颅而结成的。相面先生说这是破相，这是缺陷。但我自己美其名曰"梦痕"。因为这是我的梦一般的儿童时代所遗留下来的唯一的痕迹。由这痕迹可以探寻我的儿童时代的美丽的梦。

我四五岁时，有一天，我家为了"打送"（吾乡风俗，亲戚家的孩子第一次上门来作客，辞去时，主人家必做几盘包子送他，名曰"打送"）某家的小客人，母亲、姑母、婶母和诸姐们都在做米粉包子。厅屋的中间放一只大匾，匾的中央放一只大盘，盘内盛着一大堆黏土一般的米粉，和一大碗做馅用的甜甜的豆沙。母亲们大家围坐在大匾的四周。各人卷起衣袖，向盘内摘取一块米粉来，

---

[1] 本篇原载于1934年7月20日《人间世》第8期，原题名为《疤》。被收入《缘缘堂·随笔二十篇》时，改名《梦痕》。作者后又将此篇稍作修改，改名《黄金时代》。

捏做一只碗的形状；挟取一筷豆沙来藏在这碗内；然后把碗口收拢来，做成一个圆子。再用手法把圆子捏成三角形，扭出三条绞丝花纹的脊梁来；最后在脊梁凑合的中心点上打一个红色的"寿"字印子，包子便做成。一圈一圈地陈列在大匾内，样子很是好看。

大家一边做，一边兴高采烈地说笑。有时说谁的做得太小，谁的做得太大；有时盛称姑母的做得太玲珑，有时笑指母亲的做得像个饼。笑语之声，充满一堂。这是一年中难得的全家欢笑的日子。而在我，做孩子们的，在这种日子更有无上的欢乐；在准备做包子时，我得先吃一碗甜甜的豆沙；做的时候，我只要吵闹一下子，母亲们会另做一只小包子来给我当场就吃。新鲜的米粉和新鲜的豆沙，热热地做出来就吃，味道是好不过的。我往往吃一只不够，再吵闹一下子就得吃第二只。倘然吃第二只还不够，我可嚷着要替她们打寿字印子。这印子是不容易打的：蘸的水太多了，打出来一塌糊涂，看不出寿字；蘸的水太少了，打出来又不清楚；况且位置要摆得正，歪了就难看；打坏了又不能揩抹涂改。

所以我嚷着要打印子，是母亲们所最怕的事。她们便会和我商量，把做圆子收口时摘下来的一小粒米粉给我，叫我"自己做来自己吃"。这正是我所盼望的主目的！开了这个例之后，各人做圆子收口时摘下来的米粉，就都得照例归我所有。再不够时还得要求向大盘中扭一把米粉来，自由捏造各种黏土手工：捏一个人，团拢了，改捏一个狗；再团拢了，再改捏一只水烟管……捏到手上的龌蜓都混入其中，而雪白的米粉变成了灰色的时候，我再向她们要一朵豆沙来，裹成各种三不像的东西，吃下肚子里去。这一天因为我吵得特别厉害些，姑母做了两只小巧玲珑的包子给我吃，母亲又外加摘一团米粉给我玩。

为求自由，我不在那场上吃弄，拿了到店堂里，和五哥哥一同玩弄。五哥哥者，后来我知道是我们店里的学徒，但在当时我只知道他是我儿时的最亲爱的伴侣。他的年纪比我长，智力比我高，胆量比我大，他常做出种种我所意想不到的玩意儿来，使得我惊奇。这一天我把包子和米粉拿出去同他共玩，他就寻出几个印泥菩萨的小形的红泥印子来，教我印米粉菩萨。

后来我们争执起来，他拿了他的米粉菩萨逃。我就拿了我的米粉菩萨追。追到排门旁边，我跌了一跤，额骨磕在排门槛上，磕了眼睛大小的一个洞，便晕迷不省。等到知觉的时候，我已被抱在母亲手里，外科郎中蔡德本先生，正在用布条向我的头上重重叠叠地包裹。

自从我跌伤以后，五哥哥每天乘店里空闲的时候到楼上来省问我。来时必然偷偷地从衣袖里摸出些我所爱玩的东西来——例如关在自来火匣子里的几只叩头虫，洋皮纸人头，老菱壳做成的小脚，顺治铜钿（清朝顺治年间铸造的铜币，编者注）磨成的小刀等——送给我玩，直到我额上结成这个疤。

讲起我额上的疤的来由，我的回想中印象最清楚的人物，莫

慢慢来，好戏都在烟火里

如五哥哥。而五哥哥的种种可惊可喜的行状，与我的儿童时代的欢乐，也便跟了这回想而历历地浮出到眼前来。

他的行为的顽皮，我现在想起了还觉吃惊。但这种行为对于当时的我，有莫大的吸引力。使我时时刻刻追随他，自愿地做他的从者。他用手捉住一条大蜈蚣，摘去了它的有毒的钩爪，而藏在衣袖里，走到各处，随时拿出来吓人，我跟了他走，欣赏他的把戏。他有时偷偷地把这条蜈蚣放在别人的瓜皮帽上，让它沿着那人的额骨爬下去，吓得那人直跳起来。有时怀着这条蜈蚣去登坑，等候邻席的登坑者正在拉粪的时候，把蜈蚣丢在他的裤子上，使得那人扭着裤子乱跳，累了满身的粪。又有时当众人面前他偷把这条蜈蚣放在自己的额上，假装被咬的样子而号啕大哭起来，使得满座的人惊惶失措，七手八脚地为他营救。在正危急存亡的时候，他伸起手来收拾了这条蜈蚣，忽然破涕为笑，一缕烟逃走了。后来这套戏法渐渐做穿，有的人警告他说，若是再拿出蜈蚣来，要打头颈拳（作者的家乡话，指打耳光，编者注）了。于是他换出别种花样来：他躲在门口，等候警告打头颈拳的人将走出门，突然大叫一声，倒身在门槛边的地上，乱滚乱撞，哭着嚷着，说是践踏了一条臂膀粗的大蛇，但蛇是已经窜进榻底下去了。走出门来的人被他这一吓，实在魂飞魄散；但见他的受难比自己更深，也无可奈何他，只怪自己的运气不好。他看见一群人蹲在岸边钓鱼，便参加进去，和蹲着的人闲谈。同时偷偷地把其中相接近的两人的辫子梢头结住了，自己就走开，躲到远处去作壁上观。被结住的两人中若有一人起身欲去，滑稽剧就演出来给他看了，诸如此类的恶戏，不胜枚举。

现在回想他这种玩耍，实在近于为虐的戏谑。但当时他热心地创作，而热心地欣赏的孩子，也不止我一个。世间的严正的教育者！请稍稍原谅他的顽皮！我们的儿时，在私塾里偷偷地玩了一个折纸手工，是要遭先生用铜笔套管在额骨上猛钉几下，外加在至圣先师孔子之神位面前跪一支香的！

况且我们的五哥哥也曾用他的智力和技术来发明种种富有趣味的玩意，我现在想起了还可以神往。暮春的时候，他领我到田野去偷新蚕豆。把嫩的生吃了，而用老的来做"蚕豆水龙"。其做法，用煤头纸把老蚕豆荚熏得半熟，剪去其下端，用手一捏，荚里的两粒豆就从下端滑出，再将荚的顶端稍稍剪去一点，使成一个小孔。然后把豆荚放在水里，待它装满了水，以一手的指捏住其下端而取出来，再以另一手的指用力压榨豆荚，一条细长的水带便从豆荚的顶端的小孔内射出。制法精巧的，射水可达一二丈之远。他又教我"豆梗笛"的做法：摘取豌豆的嫩梗长约寸许，以一端塞入口中轻轻咬嚼，吹时便发嗜嗜之音，再摘取蚕豆梗的下端，长约四五寸，用指爪在梗上均匀地开几个洞，作成笛的样子。然后把豌豆梗插入这笛的一端，用两手的指随意启闭各洞而吹奏起来，其音宛如无腔之短笛。他又教我用洋蜡烛的油作种种的浇造和塑造。用芋艿或番薯镌刻种种的印版，大类现今的木版画。……诸如此类的玩意，亦复不胜枚举。

现在我对这些儿时的乐串久已缘远了。但在说起我额上的疤的来由时,还能热烈地回忆神情活跃的五哥哥和这种兴致蓬勃的玩意儿。谁言我左额上的疤痕是缺陷?这是我的儿时欢乐的左证,我的黄金时代的遗迹。过去的事,一切都同梦幻一般地消灭,没有痕迹留存了。只有这个疤,好像是"脊杖二十,刺配军州"时打在脸上的金印,永久地明显地录着过去的事实,一说起就可使我历历地回忆前尘。仿佛我是在儿童世界的本贯地方犯了罪,被刺配到这成人社会的"远恶军州"来的。这无期的流刑虽然使我永无还乡之望,但凭这脸上的金印,还可回溯往昔,追寻故乡的美丽的梦啊!

家德
徐志摩

家德住我们家已有十多年了。他初来的时候嘴上光光的还算是个壮夫，头上不见一茎白毛，挑着重担到车站去不觉得乏。逢着什么吃重的工作他总是说"我来！"他实在是来得的。现在可不同了。谁问他"家德，你怎么了，头发都白了？"他就回答"人总要老的，我今年五十八，头发不白几时白？"他不但发白，他上唇疏朗朗的两披八字胡也见花了。

他算是我们家的"做生活"，但他，据我娘说，除了吃饭住，却不拿工钱。不是我们家不给他，是他自己不要。打头儿就不要。"我就要吃饭住，"他说，我记得有一两回我因为他替我挑行李上车站给他钱，他就瞪大了眼说，"给我钱做什么？"我以为他嫌少，拿几毛换一块圆钱再给他，可是他还是"给我钱做什么？"更高声的抗议。你再说也是白费，因为他有他的理性。吃谁家的饭就该为谁家做事，给我钱做什么？

慢慢来，好戏都在烟火里

但他并不是主义的不收钱。镇上别人家有丧事喜事来叫他去帮忙的做完了有赏封什么给他，他受。"我今天又'摸了'钱了。"他一回家就欣欣的报告他的伙伴。他另有一种能耐，几乎是专门的，那叫做"赞神歌"。谁家许了愿请神，就非得他去使开了他那不是不圆润的粗嗓子唱一种有节奏有顿挫的诗句赞美各种神道。奎星、纯阳祖师、关帝、梨山老母，都得他来赞美。小孩儿时候我们最爱看请神，一来热闹，厅上摆得花绿绿点得亮亮的，二来可以借口到深夜不回房去睡，三来可以听家德的神歌。乐器停了他唱，唱完乐又作。他唱什么听不清，分得清的只"浪溜圆"三个字，因为他几乎每开口必有浪溜圆。他那唱的音调就像是在厅的顶梁上绕着，又像是暖天细雨似的在你身上匀匀的洒，反正听着心里就觉得舒服，心一舒服小眼就闭上，这样极容易在妈或是阿妈的身上靠着甜甜的睡了。到明天在床里醒过来时耳边还绕着家德那圆圆的甜甜的浪溜圆。家德唱了神歌想来一定到手钱，这他也不辞，但他更看重的是他应分到手的一块祭肉。肉太肥或太瘦都不能使他满意："肉总得像一块肉。"他说。

"家德，唱一点神歌听听。"我们在家时常常央着他唱，但他总是板着脸回说"神歌是唱给神听的。"虽则他有时心里一高兴或是低着头做什么手工他口里往往低声在那里浪溜他的圆。听说他近几年来不唱了。他推说忘了，但他实在以为自己嗓子干了，唱起来不能原先那样圆转如意所以决意不再去神前献丑了。

他在我家实在也做不少的事。每天天一亮他就从他的破烂被窝里爬起身。一重重的门是归他开的,晚上也是他关的时候多。有时老妈子不凑手他是帮着煮粥烧饭。挑行李是他的事,送礼是他的事,劈柴是他的事。最近因为父亲常自己烧檀香,他就少劈柴,多劈檀香。我时常见跨坐在一条长凳上戴着一副白铜边老花眼镜伛着背细细的劈。"你的镜子多少钱买的,家德?""两只角子。"他头也不抬的说。

我们家后面那个"花园"也是他管的。蔬菜,各样的,是他种的。每天浇,摘去焦枯叶子,厨房要用时采,都是他的事。花也是他种的,有月季,有山茶,有玫瑰,有红梅与蜡梅,有美人蕉,有桃,有李,有不开花的兰,有葵花,有蟹爪菊,有可以染指甲的凤仙,有比鸡冠大到好几倍的鸡冠。关于每一种花他都有不少话讲:花的脾,花的胃,花的颜色,花的这样那样。梅花有单瓣双瓣,兰有荤心素心,山茶有家有野,这些简单,但在小孩儿时听来有趣的知识,都是他教给我们的。他是博学得可佩服。他不仅能看书能写,还能讲书,讲得比学堂里先生上课时讲的有趣味得多。我们最喜欢他讲《岳传》里的岳老爷。岳老爷出世,岳老爷归天,东窗事发,莫须有三字构成冤狱,岳雷上坟,朱仙镇八大锤——啧,那热闹就不用提了。他讲得我们笑,他讲得我们哭,他讲得我们着急,但他再不能讲得使我们瞌睡,那是学堂里所有的先生们比他强的地方。

慢慢来,好戏都在烟火里

也不知是谁给他传的,我们都相信家德曾经在乡村里教过书。也许是实有的事,像他那样的学问在乡里还不是数一数二的。可是他自己不认。我新近又问他,他还是不认。我问他当初念些什么书。他回一句话使我吃惊。他说我念的书是你们念不到的。那更得请教,长长见识也好。他不说念书,他说读书。他当初读的是百家姓,千字文,神童诗,——还有呢?还有酒书。什么?"酒书。"他说,什么叫酒书?酒书你不知道,他仰头笑着说,酒书是教人吃酒的书。真的有这样一部书吗?他不骗人,但教师他可从不曾做过。他现在口授人念经。他会念不少的经,从《心经》到《金刚经》全部,背得溜熟的。

他学念佛念经是新近的事。早三年他病了,发寒热。他一天对人说怕好不了,身子像是在大海里浮着,脑袋也发散得没有个边,他说。他死一点也不愁,不说怕。家里就有一个老娘,他不放心,此外妻子他都不在意。一个人总要死的,他说。他果然昏晕了一阵子,他床前站着三四个他的伙伴。他苏醒时自己说,"就可惜这一生一世没有念过佛,吃过斋,想来只可等待来世的了。"说完这话他又闭上了眼仿佛是隐隐念着佛。事后他自以为这一句话救了他的命,因为他竟然又好起了。从此起他就吃上了净素,开始念经,现在他早晚都得做他的功课。

我不说他到我们家有十几年了吗,原先他在一个小学校里做当差。我做学生的时候他已经在。他的一个同事我也记得,叫矮子小二，矮得出奇，而且天生是一个小二的嘴脸。家德是校长先生用他进去的。他初起工钱每月八百文。后来每年按加二百文，一直加到二千文的正薪，那不算少。矮子小二想来没有读过什么酒书，但他可爱喝一杯两杯的，不比家德读了酒书倒反而不喝。小二喝醉了回校不发脾气就倒上床，他的一份事就得家德兼做。后来矮子小二因为偷了学校的用品到外边去换钱使发觉了被斥退。家德不久也离开学校，但他是为另一种理由。他的是自动辞职，因为用他进去的校长不做校长了，所以他也不愿再做下去。有一天他托一个乡绅到我们家来说要到我们家住，也不说别的话。从那时起家德就长住我们家了。

他自己乡里有家。有一个娘，有一个妻，有三个儿子，好的两个死了，剩下一个是不好的。他对妻的感情，按我妈对我说，是极坏。但早先他过一时还得回家去，不是为妻，是为娘，也为娘他不能不对他妻多少耐着性子。但是谢谢天，现在他不用再耐，因为他娘已经死了。他再也不回家去，积了一些钱也不再往家寄。妻不成材，儿子也没有淘成，他养家已有三十多年，儿子也近三十，该得担当家，他现在不管也没有什么亏心的了。他恨他妻多半是为她不孝顺他的娘，这最使他痛心。他妻有时到镇上来看他问他要钱，他一见她的影子都觉得头痛，她一到他就跑，她说话他做哑巴，她闹他到庭心里去伏在地下劈柴。有一回他接他娘出来看迎灯，让她睡他自己的床，盖他自己的棉被，他自己在灶边铺些稻柴不脱

慢慢来，好戏都在烟火里

衣服睡。下一天他妻也赶来了，从厨房的门缝里张见他开着笑口用筷捡一块肥肉给他脱尽了牙翘着个下巴的老娘吃。她就在门外大声哭闹。他过去拿门给堵上了，捡更肥的肉给娘，更高声的说他的笑话，逗他娘和厨下别人的乐。晚上他妻上楼见他娘睡家德自己的床，盖他自己的被，回下来又和他哭闹——他从后门往外跑了。

他一见他娘就开口笑说话没有一句不逗人乐。他娘见他乐也乐，翘着一个干瘪下巴眯着一双皱皮眼不住的笑，厨房里顿时添了无穷的生趣。晚上在门口看灯，家德忙着招呼他娘，端着一条长凳或是一只方板凳，半抱着她站上去，连声的问看得见了不，自己躲在后背双手扶着她防她闪，看完了灯他拿一只碗到巷口去买一碗大肉面汤一两烧酒给他娘吃，吃完了送她上楼睡去。"又要你用钱，家德。"他娘说。"喔，这算什么，我有的是钱！"家德就对他妈背他最近的进益，黄家的丧事到手三百六；李家的喜事到手五角小洋，还有这样那样的，尽他娘用都用不完，这一点点算什么的！

家德的娘来了，是一件大新闻。家德自己起劲不必说，我们上下一家子都觉得高兴。谁都爱看家德跟他娘在一起的神情，谁都爱听他母子俩甜甜的谈话。又有趣，又使人感动。那位乡下老太太，穿紫棉绸衫梳元宝髻的，看着她那头发已经斑白的儿子心里不知有多么得意。就算家德做了皇帝，她也不能更开心。"家德！"

| 第三章 | 人间有情

她时常尖声的叫，但等得家德赶忙回过头问"娘，要啥？"她又就只眯着一双皱皮眼甜甜的笑，再没有话说。她也许是忘了她想着要说的话，也许她就爱那么叫她儿子一声，这来屋子里人就笑家德也笑，她也笑，家德在她娘的跟前，拖着早过半百的年岁，身体活灵得像一只小松鼠，忙着为她张罗这样那样的，口齿伶俐得像一只小八哥，娘长娘短的叫个不住。如果家德是个皇帝，世界上决没有第二个皇太后有他娘那样的好福气。这是家德的伙伴们的思想。看看家德跟他娘，我妈比方一句有诗意的话，就比是到山楼上去看太阳——满眼都是亮。看看家德跟他娘，一个老妈子说，我总是出眼泪，我从来不知道做人会得这样的有意思。家德的娘一定是几世前修得来的。有一回家德脚上发流火，走路一颠一颠的不方便，但一走到他娘的跟前，他立即忍了痛僵直了身子放着腿走路，就像没有病一样。家德今年胡须也白了，他对娘说，"人老的好，须白的好；娘你是越老越清，我是胡须越白越健。"他这一插科他娘就忘了年岁忘了愁。

他娘已在两年前死了。寿衣，有绸有缎的，都是家德早在镇上替她预备好了的。老太太进棺材还带了一支重足八钱的金押发去，这当然也是家德孝敬的。他自从娘死过，再也不回家，他妻出来他也永不理睬她。他现在吃素、念经，每天每晚都念——也是念给他娘的。他一辈子难得花一个闲钱，就有一次因为妻儿的不贤良叫他太伤心了，他一气就"看开"了。他竟然连着有三五天上茶

慢慢来,好戏都在烟火里

店,另买烧饼当点心吃,一共花了足足有五百钱光景,此外再没有荒唐过。前几天他上楼去见我妈,手筒着手,兴冲冲的说,"太太,我要到乡下去一趟。""好的。"我妈说,"你有两年多不回去了。""我积下了一百多块钱,我要去看一块地葬我娘去。"他说。

往事
沈从文

这事说来又是十多年了。

算来我是六岁。因为第二次我见到长子四叔时,他那条有趣的辫子就不见了。

那是夏天秋天之间。我仿佛还没有上过学。妈因怕我到外面同瑞龙他们玩时又打架,或是乱吃东西,每天都要靠到她身边坐着,除了吃晚饭后洗完澡同大哥各人拿五个小钱到道门口去买士元的凉粉外,剩下便都不准出去了!至于为甚又能吃凉粉?那大概是妈知道士元凉粉是玫瑰糖,不至吃后生病吧。本来那时的时疫也真凶,听瑞龙妈说,杨老六一家四口人,从十五得病,不到三天便都死了!

我们是在堂屋背后那小天井内席子上坐着的。妈为我从一个小黑洋铁箱子内取出一束一束方块儿字来念,她便膝头上搁着一个麻篮绩麻。弄子里跑来的风又凉又软,很易引人瞌睡,当我倒在席子

慢慢来，好戏都在烟火里

上时，妈总每每停了她的工作，为我拿蒲扇来赶那些专爱停留在人脸上的饭蚊子。间或有个时候妈也会睡觉，必到大哥从学校夹着书包回来嚷肚子饿时才醒，那末，夜饭必定便又要晚一点了！

爹好像到乡下江家坪老屋去了好久了，有天忽然要四叔来接我们。接的意思四叔也不大清楚，大概也就是闻到城里时疫的事情吧。妈也不说什么，她知道大姐二姐都在乡里，我自然有她们料理。只嘱咐了四叔不准大哥到乡下溪里去洗澡。因大哥前几天回来略晚，妈摩他小辫子还湿漉漉的，知他必是同几个同学到大河里洗过澡了，还刚重重的打了他一顿呢。四叔是一个长子，人又不大肥，但很精壮。妈常说这是会走路的人。铜仁到我凤凰是一百二十里蛮路，他能扛六十斤担子一早动身，不抹黑就到了，这怎么不算狠！他到了家时，便忙自去厨房烧水洗脚。那夜我们吃的夜饭菜是南瓜炒牛肉。

妈捡菜劝他时，他又选出无辣子的牛肉放到我碗里。真是好四叔呵！

那时人真小，我同大哥还是各人坐在一只箩筐里为四叔担去的！大哥虽大我五六岁，但在四叔肩上似乎并不什么不匀称。乡下隔城有四十多里，妈怕太阳把我们晒出病来，所以我们天刚一发白就动身，到行有一半的唐峒山时，太阳还才红红的。到了山顶，四叔把我们抱出来各人放了一泡尿，我们便都坐在一株大刺栎树下歇憩。那树的权丫上搁了无数小石头，树左边又有一个石头堆成的小屋子。四叔为我们解说，小屋子是山神土地，为赶山打野猪人设的；树上石头是寄倦的：凡是走长路的人，只要放一个石头到树上，便不倦了。但大哥问他为甚不也放一个石子时，他却不做声。

他那条辫子细而长正同他身子一样。本来是挽放头上后再加上草帽的，不知是那辫子长了呢还是他太随意，总是动不动又掉下来，当我是在他背后那头时，辫子梢梢便时时在我头上晃。

"芸儿，莫闹！扯着我不好走！"

我伸出手扯着他辫子只是拽，他总是和和气气这样说。

"四满，到了？"大哥很着急的这么问。

"快了，快了，快了！芸弟都不急，你怎么这样慌？你看我跑！"他略略把脚步放快一点，大哥便又嚷摇的头痛了。

他一路笑大哥不济。

到时，爹正同姨婆五叔四姅他们在院中土坪上各坐在一条小凳上说话。姨婆有两年不见我了，抱了我亲了又亲。爹又问我们饿了不曾，其实我们到路上吃甜酒、米豆腐已吃胀了。上灯时，方见大姐二姐大姑满姑各人手上提了一捆地萝卜进来。

我夜里便同大姐等到姨婆房里睡。

乡里有趣多了！既不什么很热，夜里蚊子也很少。大姐到久一点，似乎各样事情都熟习，第二天一早便引我去羊栏边看睡着比猫还小的白羊，牛栏里正歪起颈项在吃奶的牛儿。我们又到竹园中去看竹子。那时觉得竹子实在是一种很奇怪的东西。本来城里的竹子，通常大到屠桌边卖肉做钱筒的已算出奇了！但后园里那些南竹，大姐教我去试抱一下时，两手竟不能相掺。满姑又偷偷的到园坎上摘了十多个桃子。接着我们便跑到大门外溪沟边上拾得一衣兜花蚌壳。

事事都感到新奇：譬如五叔喂的那十多只白鸭子，它们会一翅从塘坎上飞过溪沟。夜里四叔他们到溪里去照鱼时，却不用什么网，单拿个火把，拿把镰刀。姨婆喂有七八只野鸡，能飞上屋，也能上树，却不飞去；并且，只要你拿一捧苞谷米在手，口中略略一逗，它们便争先恐后的到你身边来了。什么事情都有味。我们白天便跑到附近村子里去玩，晚上总是同坐在院中听姨婆学打野猪打獾子的故事。姨婆真好，我们上床时，她还每每为从大油坛里取出炒米、栗子同脆酥酥的豆子给我们吃！

后园坎上那桃子已透熟了，满姑一天总为我们去偷几次。爹又不大出来，四叔五叔又从不说话，间或碰到姨婆见了时，也不过笑笑的说：

"小娥，你又忘记嚷肚子痛了！真不听讲——芸儿，莫听你满姑的话，吃多了要坏肚子！拿把我，不然晚上又吃不得鸡膊腿了！"

乡里去有场集的地方似乎并不很近，而小小村中除每五天逢一六赶场外通常都无肉卖。因此，我们几乎天天吃鸡，惟我一人年小，鸡的大腿便时时归我。

第三章 | 人间有情

我们最爱看又怕看的是溪南头那坝上小碾房的磨石同自动的水车：碾房是五叔在料理。那圆圆的磨石，固定在一株木桩上只是转只是转。五叔像个卖灰的人，满身是糠皮，只是在旋转不息的磨石间拿扫把扫那跑出碾槽外的谷米。他似乎并不着一点忙，磨石走到他跟前时一跳又让过磨石了。我们为他着急又佩服他胆子大。水车也有味，是一些七长八短的竹篙子扎成的。它的用处就是在灌水到比溪身还高的田面。大的有些比屋子还大，小的也还有一床晒簟大小，它们接接连连竖立在大路近旁，为溪沟里急水冲着快快地转动，有些还咿哩咿哩发出怪难听的喊声，由车旁竹筒中运水倒到悬空的枧上去。它的怕人就是筒子里水间或溢出枧外时，那水便砰的倒到路上了，你稍不措意，衣服便打得透湿。我们远远的立着看行路人抱着头冲过去时那样子好笑。满姑虽只大我四岁，但看惯了，她却敢在下面走来走去。大姐同大姑，则知道那个车子溢出后便是那一个接脚，不消说是不怕水淋了！只我同大哥二姐，却无论如何不敢去尝试。

四位先生
老舍

吴组缃先生的猪

从青木关到歌乐山一带等处,在我所认识的文友中要算吴组缃先生最为阔绰。他养着一口小花猪。据说,这小动物的身价,值六百元。

每次我去访组缃先生,必附带的向小花猪致敬,因为我与组缃先生核计过了:假若他与我共同登广告卖身,大概也不会有人出六百元来买!

有一天,我又到吴宅去。给小江——组缃先生的少爷——买了几个比醋还酸的桃子。拿着点东西,好搭讪着骗顿饭吃,否则就太不好意思了。一进门,我看见吴太太的脸比晚日还红。我心里一想,便想到了小花猪。假若小花猪丢了,或是出了别的毛病,组缃先生的阔绰便马上不存在了!一打听,果然是为了小花猪:它已绝食一天了。我很着急，急中生智，主张给它点奎宁吃，恐怕是打摆子。大家都不赞同我的主张。我又建议把它抱到床上盖上被子睡一觉，出点汗也许就好了；焉知道不是感冒呢？这年月的猪比人还娇贵呀！大家还是不赞成。后来，把猪医生请来了。我颇兴奋，要看看猪怎么吃药。猪医生把一些草药包在竹筒的大厚皮儿里，使小花猪横衔着，两头儿向后束在脖子上；这样，药味与药汁便慢慢走入里边去。把药包儿束好，小花猪的口中好像生了两个翅膀，倒并不难看。

虽然吴宅有此骚动，我还是在那里吃了午饭——自然稍微的有点不得劲儿！

过了两天，我又去看小花猪——这回是专程探病，绝不为看别人；我知道现在猪的价值有多大——小花猪口中已无那个药包，而且也吃点东西了。大家都很高兴，我就又就棍打腿的骗了顿饭吃，并且提出声明：到冬天，得分给我几斤腊肉！组缃先生与太太没加任何考虑便答应了。吴太太说："几斤？十斤也行！想想看，那天它要是一病不起……"大家听罢，都出了冷汗！

马宗融先生的时间观念

马宗融先生的表大概是，我想是一个装饰品。无论约他开会，还是吃饭，他总迟到一个多钟头，他的表并不慢。

慢慢来，好戏都在烟火里

来重庆，他多半是住在白象街的作家书屋。有的说也罢，没的说也罢，他总要谈到夜里两三点钟。假若不是别人都困得不出一声了，他还想不起上床去。有人陪着他谈，他能一直坐到第二天夜里两点钟。表、月亮、太阳，都不能引起他注意到时间。

比如说吧，下午三点他须到观音岩去开会，到两点半他还毫无动静。"宗融兄，不是三点，有会吗？该走了吧？"有人这样提醒他。他马上去戴上帽子，提起那有茶碗口粗的木棒，向外走。"七点吃饭。早回来呀！"大家告诉他。他回答声"一定回来"，便匆匆地走出去。

到三点的时候，你若出去，你会看见马宗融先生在门口与一位老太婆，或是两个小学生，谈话儿呢！即使不是这样，他在五点以前也不会走到观音岩。路上每遇到一位熟人，便要谈，至少，十分钟的话。若遇上打架吵嘴的，他得过去解劝，还许把别人劝开，而他与另一位劝架的打起来！遇上某处起火，他得帮着去救。有人追赶扒手，他必然的加入，非捉到不可。看见某种新东西，他得过去问问价钱，不管买与不买。看到戏报子，马上他去借电话，问还有票没有……这样，他从白象街到观音岩，可以走一天，幸而他记得开会那件事，所以只走两三个钟头！到了开会的地方，即使大家已经散了会，他也得坐两点钟，他跟谁都谈得来，都谈得很有趣，很亲切，很细腻。有人随便哼了一句二黄，他立刻请教给他；有人刚买一条绳子，他马上拿过来练习跳绳——五十岁了啊！

七点，他想起来回白象街吃饭，归路上，又照样的劝架，救火，追贼，问物价，打电话……至早，他在八点半左右走到目的地。满头大汗，三步当作两步走的，他走了进来。饭早已开过了。

所以，我们与友人定约会的时候，若说随便什么时间，早晨也好，晚上也好，反正我一天不出门，你哪时来也可以，我们便说"马宗融的时间吧"！

姚蓬子先生的砚台

作家书屋是个神秘的地方，不信你交到那里一份文稿，而三五日后再亲自去索回，你就必定不说我扯谎了。

进到书屋，十之八九你找不到书屋的主人——姚蓬子先生。他不定在哪里藏着呢。他的被褥是稿子，他的枕头是稿子，他的桌上、椅上、窗台上……全是稿子。简单的说吧，他被稿子埋起来了。当你要稿子的时候，你可以看见一个奇迹。假如说尊稿是十张纸写的吧，书屋主人会由枕头底下翻出两张，由裤袋里掏出三张，书架里找出两张，窗子上揭下一张，还欠两张。你别忙，他会由老鼠洞里拉出那两张，一点也不少！

单说蓬子先生的那块砚台，也足够惊人了！那是块无法形容的石砚。不圆不方，有许多角儿，而没有任何角度。有一点沿儿，豁口甚多，底子最奇，四周翘起，中间的一点凸出，如元宝之背，

慢慢来，好戏都在烟火里

它会像陀螺似的在桌上乱转，还会一头高一头低地倾斜，如浪中之船。我老以为孙悟空就是由这块石头跳出去的！

到磨墨的时候，它会由桌子这一端滚到那一端，而且响如快跑的马车。我每晚十时必就寝，而对门儿书屋的主人要办事办到天亮。从十时到天亮，他至少研十次墨，一次比一次响——到夜最静的时候，大概连南岸都感到一点震动。从我到白象街起，我没做过一个好梦，刚一入梦，砚台来了一阵雷雨，梦为之断。在夏天，砚一响，我就起来拿臭虫。冬天可就不好办，只好咳嗽几声，使之闻之。

现在，我已交给作家书屋一本书，等得到出版，我必定破费几十元，送给书屋主人一块平底的，不出声的砚台！

何容先生的戒烟

首先要声明：这里所说的烟是香烟，不是鸦片。

从武汉到重庆，我老同何容先生在一间屋子里，一直到前年八月间。在武汉的时候，我们都吸"大前门"或"使馆"牌；小大"英"似乎都不够味儿。到了重庆，小大"英"似乎变了质，越来越"够"味儿了，"前门"与"使馆"倒仿佛没了什么意思。慢慢的，"刀"牌与"哈德门"又变成我们的朋友，而与小大"英"，不管是谁的主动吧，好像冷淡得日甚一日，不久，"刀"牌与"哈德门"又与我们发生了意见,差不多要绝交的样子。何容先生就决心戒烟!

在他戒烟之前,我已声明过:"先上吊,后戒烟!"本来吗,"弃妇抛雏"的流亡在外,吃不敢进大三元,喝么也不过是清一色(黄酒贵,只好吃点白干),女友不敢去交,男友一律是穷光蛋,住是二人一室,睡是臭虫满床,再不吸两枝香烟,还活着干吗?可是,一看何容先生戒烟,我到底受了感动,既觉自己无勇,又钦佩他的伟大;所以,他在屋里,我几乎不敢动手取烟,以免动摇他的坚决!

何容先生那天睡了十六个钟头,一枝烟没吸!醒来,已是黄昏,他便独自走出去。我没敢陪他出去,怕不留神递给他一枝烟,破了戒!掌灯之后,他回来了,满面红光,含着笑,从口袋中掏出一包土产卷烟来。"你尝尝这个,"他客气地让我,"才一个铜板一枝!有这个,似乎就不必戒烟了!没有必要!"把烟接过来,我没敢说什么,怕伤了他的尊严。面对面的,把烟燃上,我俩细细地欣赏。头一口就惊人,冒的是黄烟,我以为他误把爆竹买来了!听了一会儿,还好,并没有爆炸,就放胆继续地吸。吸了不到四五口,我看见蚊子都争着向外边飞,我很高兴。既吸烟,又驱蚊,太可贵了!再吸几口之后,墙上又发现了臭虫,大概也要搬家,我更高兴了!吸到了半支,何容先生与我也跑出去了,他低声地说:"看样子,还得戒烟!"

慢慢来,好戏都在烟火里

何容先生二次戒烟,有半天之久。当天的下午,他买来了烟斗与烟叶。"几毛钱的烟叶,够吃三四天的,何必一定戒烟呢!"他说。吸了几天的烟斗,他发现了:(一)不便携带;(二)不用力,抽不到;用力,烟油射在舌头上;(三)费洋火;(四)须天天收拾,麻烦!有此四弊,他就戒烟斗,而又吸上香烟了。"始作卷烟者,其无后乎!"他说。

最近二年,何容先生不知戒了多少次烟了,而指头上始终是黄的。

我的母亲
老舍

母亲的娘家是北平德胜门外，土城儿外边，通大钟寺的大路上的一个小村里。村里一共有四五家人家，都姓马。大家都种点不十分肥美的地，但是与我同辈的兄弟们，也有当兵的，作木匠的，作泥水匠的，和当巡察的。他们虽然是农家，却养不起牛马，人手不够的时候，妇女便也须下地作活。

对于姥姥家，我只知道上述的一点。外公外婆是什么样子，我就不知道了，因为他们早已去世。至于更远的族系与家史，就更不晓得了；穷人只能顾眼前的衣食，没有功夫谈论什么过去的光荣；"家谱"这字眼，我在幼年就根本没有听说过。

母亲生在农家，所以勤俭诚实，身体也好。这一点事实却极重要，因为假若我没有这样的一位母亲，我以为我恐怕也就要大大的打个折扣了。

母亲出嫁大概是很早，因为我的大姐现在已是六十多岁的老太婆，而我的大外甥女还长我一岁啊。我有三个哥哥，四个姐姐，但能长大成人的，只有大姐，二姐，三姐，三哥与我。我是"老"儿子。生我的时候，母亲已有四十一岁，大姐二姐已都出了阁。

由大姐与二姐所嫁入的家庭来推断，在我生下之前，我的家里，大概还马马虎虎的过得去。那时候定婚讲究门当户对，而大姐丈是作小官的，二姐丈也开过一间酒馆，他们都是相当体面的人。

可是，我，我给家庭带来了不幸：我生下来，母亲晕过去半夜，才睁眼看见她的老儿子——感谢大姐，把我揣在怀中，致未冻死。

一岁半，我把父亲"克"死了。

兄不到十岁，三姐十二三岁，我才一岁半，全仗母亲独力抚养了。父亲的寡姐跟我们一块儿住，她吸鸦片，她喜摸纸牌，她的脾气极坏。为我们的衣食，母亲要给人家洗衣服，缝补或裁缝衣裳。在我的记忆中，她的手终年是鲜红微肿的。白天，她洗衣服，洗一两大绿瓦盆。她作事永远丝毫也不敷衍，就是屠户们送来的黑如铁的布袜，她也给洗得雪白。晚间，她与三姐抱着一盏油灯，还要缝补衣服，一直到半夜。她终年没有休息，可是在忙碌中她还把院子屋中收拾得清清爽爽。桌椅都是旧的，柜门的铜活久已残缺不全，可是她的手老使破桌面上没有尘土，残破的铜活发着光。院中，父亲遗留下的几盆石榴与夹竹桃，永远会得到应有的浇灌与爱护，年年夏天开许多花。

| 第三章 | 人间有情

　　哥哥似乎没有同我玩耍过。有时候，他去读书；有时候，他去学徒；有时候，他也去卖花生或樱桃之类的小东西。母亲含着泪把他送走，不到两天，又含着泪接他回来。我不明白这都是什么事，而只觉得与他很生疏。与母亲相依为命的是我与三姐。因此，她们作事，我老在后面跟着。她们浇花，我也张罗着取水；她们扫地，我就撮土……从这里，我学得了爱花，爱清洁，守秩序。这些习惯至今还被我保存着。

　　有客人来，无论手中怎么窘，母亲也要设法弄一点东西去款待。舅父与表哥们往往是自己掏钱买酒肉食，这使她脸上羞得飞红，可是殷勤的给他们温酒作面，又给她一些喜悦。遇上亲友家中有喜丧事，母亲必把大褂洗得干干净净，亲自去贺吊——份礼也许只是两吊小钱。到如今如我的好客的习性，还未全改，尽管生活是这么清苦，因为自幼儿看惯了的事情是不易改掉的。

　　姑母常闹脾气。她单在鸡蛋里找骨头。她是我家中的阎王。直到我入了中学，她才死去，我可是没有看见母亲反抗过。"没受过婆婆的气，还不受大姑子的吗？命当如此！"母亲在非解释一下不足以平服别人的时候，才这样说。是的，命当如此。母亲活到老，穷到老，辛苦到老，全是命当如此。她最会吃亏。给亲友邻居帮忙，她总跑在前面：她会给婴儿洗三——穷朋友们可以因此少花一笔"请姥姥"钱——她会刮痧，她会给孩子们剃头，她会给少妇们绞脸……凡是她能作的，都有求必应。但是吵嘴打架，永远没有她。她宁吃亏,不斗气。当姑母死去的时候,母亲似乎把一世的委屈都哭了出来,一直哭到坟地。不知道哪里来的一位侄子,声称有承继权,母亲便一声不响,教他搬走那些破桌子烂板凳,而且把姑母养的一只肥母鸡也送给他。

可是,母亲并不软弱。父亲死在庚子闹"拳"的那一年。联军入城,挨家搜索财物鸡鸭,我们被搜两次。母亲拉着哥哥与三姐坐在墙根,等着"鬼子"进门,街门是开着的。"鬼子"进门,一刺刀先把老黄狗刺死,而后入室搜索。他们走后,母亲把破衣箱搬起,才发现了我。假若箱子不空,我早就被压死了。皇上跑了,丈夫死了,鬼子来了,满城是血光火焰,可是母亲不怕,她要在刺刀下,饥荒中,保护着儿女。北平有多少变乱啊,有时候兵变了,街市整条的烧起,火团落在我们院中。有时候内战了,城门紧闭,铺店关门,昼夜响着枪炮。这惊恐,这紧张,再加上一家饮食的筹划,儿女安全的顾虑,岂是一个软弱的老寡妇所能受得起的?可是,在这种时候,母亲的心横起来,她不慌不哭,要从无办法中想出办法来。她的泪会往心中落!这点软而硬的个性,也传给了我。我对一切人与事,都取和平的态度,把吃亏看作当然的。但是,在作人上,我有一定的宗旨与基本的法则,什么事都可将就,而不能超过自己划好的界限。我怕见生人,怕办杂事,怕出头露面;但是到了非我去不可的时候,我便不得不去,正像我的母亲。从私塾到小学,到中学,我经历过起码有廿位教师吧,其中有给我很大影响的，也有毫无影响的，但是我的真正的教师，把性格传给我的，是我的母亲。母亲并不识字，她给我的是生命的教育。

当我在小学毕了业的时候，亲友一致的愿意我去学手艺，好帮助母亲。我晓得我应当去找饭吃，以减轻母亲的勤劳困苦。可是，我也愿意升学。我偷偷的考入了师范学校——制服，饭食，书籍，宿处，都由学校供给。只有这样，我才敢对母亲提升学的话。入学，要交十元的保证金。这是一笔巨款！母亲作了半个月的难，把这巨款筹到，而后含泪把我送出门去。她不辞劳苦，只要儿子有出息。当我由师范毕业，而被派为小学校校长，母亲与我都一夜不曾合眼。我只说了句："以后，您可以歇一歇了！"她的回答只有一串串的眼泪。我入学之后，三姐结了婚。母亲对儿女是都一样疼爱的，但是假若她也有点偏爱的话，她应当偏爱三姐，因为自父亲死后，家中一切的事情都是母亲和三姐共同撑持的。三姐是母亲的右手。但是母亲知道这右手必须割去，她不能为自己的便利而耽误了女儿的青春。当花轿来到我们的破门外的时候，母亲的手就和冰一样的凉，脸上没有血色——那是阴历四月，天气很暖。大家都怕她晕过去。可是，她挣扎着，咬着嘴唇，手扶着门框，看花轿徐徐的走去。不久，姑母死了。三姐已出嫁，哥哥不在家，我又住学校，家中只剩母亲自己。她还须自晓至晚的操作，可是终日没人和她说一句话。新年到了，正赶上政府倡用阳历，不许过旧年。除夕，我请了两小时的假。由拥挤不堪的街市回到清炉冷灶的家中。母亲笑

慢慢来，好戏都在烟火里

了。及至听说我还须回校，她愣住了。半天，她才叹出一口气来。到我该走的时候，她递给我一些花生，"去吧，小子！"街上是那么热闹，我却什么也没看见，泪遮迷了我的眼。今天，泪又遮住了我的眼，又想起当日孤独的过那凄惨的除夕的慈母。可是慈母不会再候盼着我了，她已入了土！

儿女的生命是不依顺着父母所设下的轨道一直前进的，所以老人总免不了伤心。我廿三岁，母亲要我结了婚，我不要。我请来三姐给我说情，老母含泪点了头。我爱母亲，但是我给了她最大的打击。时代使我成为逆子。廿七岁，我上了英国。为了自己，我给六十多岁的老母以第二次打击。在她七十大寿的那一天，我还远在异域。那天，据姐姐们后来告诉我，老太太只喝了两口酒，很早的便睡下。她想念她的幼子，而不便说出来。

"七七"抗战后，我从济南逃出来。北平又像庚子那年似的被鬼子占据了，可是母亲日夜惦念的幼子却跑西南来。母亲怎样想念我，我可以想象得到，可是我不能回去。每逢接到家信，我总不敢马上拆看，我怕，怕，怕，怕有那不祥的消息。人，即使活到八九十岁，有母亲便可以多少还有点孩子气。失了慈母便像花插在瓶子里，虽然还有色有香，却失去了根。有母亲的人，心里是安定的。我怕，怕，怕家信中带来不好的消息，告诉我已是失了根的花草。

去年一年，我在家信中找不到关于老母的起居情况。我疑虑，害怕。我想象得到，如有不幸，家中念我流亡孤苦，或不忍相告。母亲的生日是在九月，我在八月半写去祝寿的信，算计着会在寿日之前到达。信中嘱咐千万把寿日的详情写来，使我不再疑虑。十二月二十六日，由文化劳军的大会上回来，我接到家信。我不敢拆读。就寝前，我拆开信，母亲已去世一年了！

生命是母亲给我的。我之能长大成人，是母亲的血汗灌养的。我之能成为一个不十分坏的人，是母亲感化的。我的性格，习惯，是母亲传给的。她一世未曾享过一天福，临死还吃的是粗粮。唉！还说什么呢？心痛！心痛！

父亲的病
鲁迅

大约十多年前罢，S城中曾经盛传过一个名医的故事：

他出诊原来是一元四角，特拔十元，深夜加倍，出城又加倍。有一夜，一家城外人家的闺女生急病，来请他了，因为他其时已经阔得不耐烦，便非一百元不去。他们只得都依他。待去时，却只是草草地一看，说道"不要紧的"，开一张方，拿了一百元就走。那病家似乎很有钱，第二天又来请了。他一到门，只见主人笑面承迎，道："昨晚服了先生的药，好得多了，所以再请你来复诊一回。"仍旧引到房里，老妈子便将病人的手拉出帐外来。他一按，冷冰冰的，也没有脉，于是点点头道："唔，这病我明白了。"从从容容走到桌前，取了药方纸，提笔写道：

"凭票付英洋壹百元正。"下面是署名，画押。

"先生，这病看来很不轻了，用药怕还得重一点罢。"主人在背后说。

"可以，"他说。于是另开了一张方：

"凭票付英洋贰百元正。"下面仍是署名，画押。

这样，主人就收了药方，很客气地送他出来了。

我曾经和这名医周旋过两整年，因为他隔日一回，来诊我的父亲的病。那时虽然已经很有名，但还不至于阔得这样不耐烦；可是诊金却已经是一元四角。现在的都市上，诊金一次十元并不算奇，可是那时是一元四角已是巨款，很不容易张罗的了；又何况是隔日一次。他大概的确有些特别，据舆论说，用药就与众不同。我不知道药品，所觉得的，就是"药引"的难得，新方一换，就得忙一大场。先买药，再寻药引。"生姜"两片，竹叶十片去尖，他是不用的了。起码是芦根，须到河边去掘；一到经霜三年的甘蔗，便至少也得搜寻两三天。可是说也奇怪，大约后来总没有购求不到的。

据舆论说，神妙就在这地方。先前有一个病人，百药无效；待到遇见了什么叶天士先生，只在旧方上加了一味药引：梧桐叶。只一服，便霍然而愈了。"医者，意也。"其时是秋天，而梧桐先知秋气。其先百药不投，今以秋气动之，以气感气，所以……。我虽然并不了然，但也十分佩服，知道凡有灵药，一定是很不容易得到的，求仙的人，甚至于还要拼了性命，跑进深山里去采呢。

这样有两年，渐渐地熟识，几乎是朋友了。父亲的水肿是逐日利害，将要不能起床；我对于经霜三年的甘蔗之流也逐渐失了信仰，采办药引似乎再没有先前一般踊跃了。正在这时候，他有一天

慢慢来，好戏都在烟火里

来诊，问过病状，便极其诚恳地说：

"我所有的学问，都用尽了。这里还有一位陈莲河先生，本领比我高。我荐他来看一看，我可以写一封信。可是，病是不要紧的，不过经他的手，可以格外好得快……。"

这一天似乎大家都有些不欢，仍然由我恭敬地送他上轿。进来时，看见父亲的脸色很异样，和大家谈论，大意是说自己的病大概没有希望的了；他因为看了两年，毫无效验，脸又太熟了，未免有些难以为情，所以等到危急时候，便荐一个生手自代，和自己完全脱了干系。但另外有什么法子呢？本城的名医，除他之外，实在也只有一个陈莲河了。明天就请陈莲河。

陈莲河的诊金也是一元四角。但前回的名医的脸是圆而胖的，他却长而胖了：这一点颇不同。还有用药也不同，前回的名医是一个人还可以办的，这一回却是一个人有些办不妥帖了，因为他一张药方上，总兼有一种特别的丸散和一种奇特的药引。

芦根和经霜三年的甘蔗，他就从来没有用过。最平常的是"蟋蟀一对"，旁注小字道："要原配，即本在一窠中者。"似乎昆虫也要贞节，续弦或再醮，连做药资格也丧失了。但这差使在我并不为难，走进百草园，十对也容易得，将它们用线一缚，活活地掷入沸汤中完事。然而还有"平地木十株"呢，这可谁也不知道是什么东西了，问药店，问乡下人，问卖草药的，问老年人，问读书人，问木匠，都只是摇摇头，临末才记起了那远房的叔祖，爱种一点花木的老人，跑去一问，他果然知道，是生在山中树下的一种小树，能结红子如小珊瑚珠的，普通都称为"老弗大"。

"踏破铁鞋无觅处，得来全不费工夫。"药引寻到了，然而还有一种特别的丸药：败鼓皮丸。这"败鼓皮丸"就是用打破的旧鼓皮做成；水肿一名鼓胀，一用打破的鼓皮自然就可以克伏他。清朝的刚毅因为憎恨"洋鬼子"，预备打他们，练了些兵称作"虎神营"，取虎能食羊，神能伏鬼的意思，也就是这道理。可惜这一种神药，全城中只有一家出售的，离我家就有五里，但这却不像平地木那样，必须暗中摸索了，陈莲河先生开方之后，就恳切详细地给我们说明。

"我有一种丹，"有一回陈莲河先生说，"点在舌上，我想一定可以见效。因为舌乃心之灵苗……。价钱也并不贵，只要两块钱一盒……。"

我父亲沉思了一会，摇摇头。

"我这样用药还会不大见效，"有一回陈莲河先生又说，"我想，可以请人看一看，可有什么冤愆……。医能医病，不能医命，对不对？自然，这也许是前世的事……。"

我的父亲沉思了一会，摇摇头。

凡国手，都能够起死回生的，我们走过医生的门前，常可以看见这样的扁额。现在是让步一点了，连医生自己也说道："西医长于外科，中医长于内科。"但是S城那时不但没有西医，并且谁也

慢慢来，好戏都在烟火里

还没有想到天下有所谓西医，因此无论什么，都只能由轩辕岐伯的嫡派门徒包办。轩辕时候是巫医不分的，所以直到现在，他的门徒就还见鬼，而且觉得"舌乃心之灵苗"。这就是中国人的"命"，连名医也无从医治的。

不肯用灵丹点在舌头上，又想不出"冤愆"来，自然，单吃了一百多天的"败鼓皮丸"有什么用呢？依然打不破水肿，父亲终于躺在床上喘气了。还请一回陈莲河先生，这回是特拔，大洋十元。他仍旧泰然的开了一张方，但已停止败鼓皮丸不用，药引也不很神妙了，所以只消半天，药就煎好，灌下去，却从口角上回了出来。

从此我便不再和陈莲河先生周旋，只在街上有时看见他坐在三名轿夫的快轿里飞一般抬过；听说他现在还康健，一面行医，一面还做中医什么学报，正在和只长于外科的西医奋斗哩。

中西的思想确乎有一点不同。听说中国的孝子们，一到将要"罪孽深重祸延父母"的时候，就买几斤人参，煎汤灌下去，希望父母多喘几天气，即使半天也好。我的一位教医学的先生却教给我医生的职务道：可医的应该给他医治，不可医的应该给他死得没有痛苦。但这先生自然是西医。

父亲的喘气颇长久，连我也听得很吃力，然而谁也不能帮助他。我有时竟至于电光一闪似的想道："还是快一点喘完了罢……。"立刻觉得这思想就不该，就是犯了罪；但同时又觉得这思想实在是正当的，我很爱我的父亲。便是现在，也还是这样想。

早晨，住在一门里的衍太太[插图]进来了。她是一个精通礼节的妇人，说我们不应该空等着。于是给他换衣服；又将纸锭和一种什么《高王经》烧成灰，用纸包了给他捏在拳头里……。

"叫呀，你父亲要断气了。快叫呀！"衍太太说。

"父亲！父亲！"我就叫起来。

"大声！他听不见。还不快叫？！"

"父亲！！！父亲！！！"

他已经平静下去的脸，忽然紧张了，将眼微微一睁，仿佛有一些苦痛。

"叫呀！快叫呀！"她催促说。

"父亲！！！"

"什么呢？……不要嚷。……不……。"他低低地说，又较急地喘着气，好一会，这才复了原状，平静下去了。

"父亲！！！"我还叫他，一直到他咽了气。

我现在还听到那时的自己的这声音，每听到时，就觉得这却是我对于父亲的最大的错处。

父亲的玳瑁
鲁彦

在墙脚根刷然溜过的那黑猫的影,又触动了我对于父亲的玳瑁的怀念。

净洁的白毛中间,夹杂些淡黄的云霞似的柔毛,恰如透明的妇人的玳瑁首饰的那种猫儿,是被称为"玳瑁猫"的。我们家里的猫正是那一类,父亲就给了它"玳瑁"这个名字。

在近来的这一匹玳瑁之前,我们还曾有过另外的一匹。它有着同样的颜色,得到了同样的名字,同是从我姊姊家里带来,一样地为我们所爱。

但那是我不幸的姊姊的玳瑁,它曾经和她盘恒了十二年的岁月。

现在的这一匹,是属于父亲的。

它什么时候来到我们家里,我不很清楚,据说大约已有三年光景。父亲给我的信中从来不曾提过它。在他的理智中,仿佛以为玳珋毕竟是一匹小小的兽，比不上任何的家事，足以通知我似的。

但当我去年回到家里的时候，我看到了父亲和玳珋的感情了。

每当厨房的碗筷一搬动，父亲在后房餐桌边坐下时，玳珋便在门外"咪咪"地叫起来。这叫声是只有两三声，从不多叫的。它仿佛在问父亲，可不可以进来似的。

于是父亲就说，完全像对什么人说话一样：

"玳珋，这里来！"

我初到的几天，家里突然增多了四个人，在玳珋似乎感觉到热闹与生疏的恐惧，常不肯即刻进来。

"来吧，玳珋！"父亲望着门外，不见它进来，又说了。

但玳珋只回答了两声"咪咪"，仍在门外徘徊着。

"小孩一样，看见生疏的人，就怕进来了。"父亲笑着对我们说。

但过了一会，玳珋在大家的不注意中，已经跃上了父亲的膝上。

"哪，在这里了。"父亲说。

我们弯过头去看，它伏在父亲的膝上，睁着略带惧怯的眼望着我们，仿佛预备逃遁似的。

父亲立刻理会它的感觉，用手抚摩着它的颈背，说："困吧，玳珋。"一面又转过来对我们说："不要多看它，它像姑娘一样呢。"

慢慢来，好戏都在烟火里

我们吃着饭，玳瑁从不跳到桌上来，只是静静地伏在父亲的膝上。有时鱼腥的气息引诱了它，它便偶尔伸出半个头来望了一望，又立刻缩了回去。它的脚不肯触着桌，这是它的规矩，父亲告诉我们说，向来是这样的。

父亲吃完饭，站起来的时候玳瑁便先走出门外去。它知道父亲要到厨房里去给它预备饭了。那是真的。父亲从不曾忘记过，他自己一吃完饭，便去添饭给玳瑁的。玳瑁的饭每次都有鱼或鱼汤拌着。父亲自己这几年来对于鱼的滋味据说有点厌，但即使自己不吃，他总是每次上街去，给玳瑁带一些鱼来，而且给它储存着的。

白天，玳瑁常在储藏东西的楼上，不常到楼下的房子里来。但每当父亲有什么事将要出去的时候，玳瑁像是在楼上看着的样子，便溜到父亲身边，绕着父亲的脚转了几下，一直跟父亲到门边。父亲回来的时候，它又像是在什么地方远远望着，静静倾听着的样子，待父亲一跨进门限，它又在父亲的脚边了。它并不时时刻刻跟着父亲，但父亲的一举一动，父亲的进出，它似乎时刻在那里留心着。

晚上，玳瑁睡在父亲的脚后的被上，陪伴着父亲。

我们回家后，父亲换了一个寝室。他现在睡到弄堂门外一间从来没人去的房子里了。

玳瑁有两夜没有找到父亲，只在原地方走着，叫着。它第一夜跳到父亲的床上，发现睡着的是我们，便立刻跳了出去。

正是很冷的天气,父亲记念着玳瑁夜里受冷,说它恐怕不会想到他会搬到那样冷落的地方去的。而且晚上弄堂门又关得很早。

但是第三天的夜里,父亲一觉醒来,玳瑁已在床上睡着了,静静地,"咕咕"念着猫经。

半个月后,玳瑁对我也渐渐熟了。它不复躲避我。当它在父亲身边的时候,我伸出手去,轻轻抚摩着它的颈背,它伏着不动。然而它从不自己走近我。我叫它,它仍不来。就是母亲,她是永久和父亲在一起的,它也不肯走近她。父亲呢,只要叫一声"玳瑁",甚至咳嗽一声,它便不晓得从什么地方溜出来了,而且绕着父亲的脚。

有两次,玳瑁到邻居家去游走,忘记了吃饭。我们大家叫着"玳瑁玳瑁",东西寻找着,不见它回来。父亲却猜到它在那里去了。他拿着玳瑁的饭碗走出门外,用筷子敲着,只喊了两声"玳瑁",玳瑁便从很远的邻屋上走来了。

"你的声音像格外不同似的,"母亲对父亲说,"只消叫两声,又不大,它便老远地听见了。"

"是哪,它只听我管的哩。"

对于寂寞地度着残年的老人,玳瑁所给予的是儿子和孙子般的安慰,我觉得。

六月四日早晨,我带着战栗的心重到家里,父亲只躺在床上远远地望了我一下,便疲倦地合上了眼皮,去了。我悲苦地牵着他的手在我的面上抚摩。他的手已经有点生硬，不复像往日柔和地抚摩玳瑁的颈背那么自然。据说在头一天的下午，玳瑁曾经跳上他的身边，悲鸣着，父亲还很自然地抚摩着它，亲密地叫着"玳瑁"。而我呢，已经迟了。

从这一天起，玳瑁便不再走进父亲的以及和父亲相连的我们的房子。我们有好几天没有看见玳瑁的影子。我代替了父亲的工作，给玳瑁在厨房里备好鱼拌的饭，敲着碗，叫着"玳瑁"。玳瑁没有回答，也不出来。母亲说，这几天家里人多，闹得很，它该是躲在楼上怕出来的。于是我把饭碗一直送到楼上。然而玳瑁仍没有影子。过了一天，碗里的饭照样地摆在楼上，只饭粒干瘪了一些。

玳瑁正怀着孕，需要好的滋养。一想到这，大家更其焦虑了。

第五天早晨，母亲才发现给玳瑁在厨房预备着的另一只饭碗里的饭略略少了一些。大约它在没有人的夜里走进了厨房。它应该是非常饥饿的。然而仍像吃不下的样子。

一星期后，家里的戚友渐渐少了。玳瑁仍不大肯露面。无论谁叫它，都不答应，偶然在楼梯上溜过的后影，显得憔悴而且瘦削，连那怀着孕的肚子也好像小了一些似的。

一天一天家里愈加冷静了，满屋里主宰着静默的悲哀。一到晚上，人还没有睡，老鼠便吱吱叫着活动起来，甚至我们房间的楼上也在叫着跑着。玳瑁是最会捕鼠的。当去年我们回家的时候，即使它跟着父亲睡在远一点的地方，我们的房间里从没有听见过老鼠的声音。但现在玳瑁就睡在隔壁的楼上，也不过问了。我们毫不埋怨它。我们知道它所以这样的原因。

可怜的玳瑁。它不能再听到那熟识的亲密的声音，不能再得到那慈爱的抚摩，它是在怎样的悲伤呵！

三星期后，我们全家要离开故乡。大家预先就在商量，怎样把玳瑁带出来。但是离开预定的日子前一星期，玳瑁生了小孩了。我们看见它的肚子松瘪着。

怎样可以把它带出来呢？

然而为了玳瑁，我们还是不能不带它出来。我们家里的门将要全锁上。邻居们不会像我们似的爱它，而且大家全吃着素菜，不会舍得买鱼饲它。单看玳瑁的脾气，连对于母亲也是冷淡淡的，决不会喜欢别的邻居。

我们还是决定带它一道来上海。

它生了几个小孩，什么样子，放在哪里，我们虽然极想知道，却不敢去惊动它。我们预定在饲玳瑁的时候，先捉到它，然后再寻觅它的小孩。因为这几天来，玳瑁在吃饭的时候，已经不大避人，捉到它应该是容易的。

但是两天后，我们十几岁的外甥遏抑不住他的热情了。不知怎样，玳瑁的孩子们所在的地方先被他很容易地发见了。它们原来就在楼梯门口，一只半掩着的糠箱里。玳瑁和它的小孩们就住在这里，是谁也想不到的。外甥很喜欢，叫大家去看。玳瑁已经溜得远远地在惧怯地望着。

我们想,既然玳瑁已经知道我们发觉了它的小孩的住所,不如先把它的小孩看守起来,因为这样,也可以引诱玳瑁的来到,否则它会把小孩衔到更没有人晓得的地方去的。

我们便做了一个更安适的窠给它的小孩们,携进了以前父亲的寝室,而且就在父亲的床边。

那里是四个小孩,白的,黑的,黄的,玳瑁的,都还没有睁开眼睛。贴着压着,钻做一团,肥圆的。捉到它们的时候,偶然发出微弱的老鼠似的吱吱的鸣声。

"生了几只呀?"母亲问着。

"四只。"

"嗨,四只!怪不得!扛了你父亲的棺材,不要再扛我的呢!"母亲叹息着,不快活地说。

大家听着这话,愣住了。

"把它们丢出去!"外甥叫着说,但他同时却又喜悦地抚摩着玳瑁的小孩们,舍不得走开。

玳瑁现在在楼上寻觅了,它大声地叫着。

"玳瑁,这里来,在这里。"我们学着父亲仿佛对人说话似的叫着玳瑁说。

但玳瑁像只听得懂父亲的话,不能了解我们说什么。它在楼上寻觅着,在弄堂里寻觅着,在厨房里寻觅着,可不走进以前父亲天天夜里带它睡觉的房子。我们有时故意作弄它的小孩们,使它们发出微弱的鸣声。玳瑁仍像没有听见似的。

过了一会,玳瑁给我们女工捉住了。它似乎饿了,走到厨房去吃饭,却不妨给她一手捉住了颈背的皮。

"快来!快来!捉住了!"她大声叫着。

我扯了早已预备好的绳圈,跑出去。

玳瑁大声地叫着,用力地挣扎着。待至我伸出手去,还没抱住玳瑁,女工的手一松,玳瑁溜走了。

它再不到厨房里去,只在楼上叫着,寻觅着。

几点钟后,我们只得把玳瑁的小孩们送回楼上。它们显然也和玳瑁似的在忍受着饥饿和痛苦。

玳瑁又静默了,不到十分钟,我们已看不见它的小孩们的影子。现在可不必再费气力,谁也不会知道它们的所在。

有一天一夜,玳瑁没有动过厨房里的饭。以后几天,它也只在夜里大家睡了以后到厨房里去。

我们还在想法带玳瑁出来,但是母亲说:

"随它去吧,这样有灵性的猫,那里会不晓得我们要离开这里。要出去自然不会躲开的。你们看它,父亲过世以后,再也不忍走进那两间房里,并且几天没有吃饭,明明在非常的伤心。现在怕是还想在这里陪伴你们父亲的灵魂呢。它原是你父亲的。"

我们只好随玳瑁自己了。它显然比我们还舍不得父亲,舍不得父亲所住过的房子，走过的路以及手所抚摸过的一切。父亲的声音，父亲的形象，父亲的气息，应该都还很深刻地萦绕在它的脑中。

可怜的玳瑁，它比我们还爱父亲！

然而玳瑁也太凄惨了。以后还有谁再像父亲似的按时给它好的食物，而且慈爱地抚摸它，像对人说话似的一声声叫它呢？

离家的那天早晨，母亲给它留下了许多给孩子吃的稀饭在厨房里。门虽然锁着，玳瑁应该仍然晓得走进去。邻居们也曾答应代我们给它饲料。然而又怎能和父亲在的时候相比呢？

现在距我们离家又已一月多了。玳瑁应该很健康，它的小孩们也该是很活泼可爱了吧？

我希望能再见到和父亲的灵魂永久同在着的玳瑁。

第四章
生活有味

总之,一个人的口味要宽一点、杂一点,"南甜北咸东辣西酸",都去尝尝。

四方食事
汪曾祺

"口之于味,有同嗜焉"。好吃的东西大家都爱吃。宴会上有烹大虾(得是极新鲜的),大都剩不下。但是也不尽然。羊肉是很好吃的。"羊大为美"。中国人吃羊肉的历史大概和这个民族的历史同样久远。中国羊肉的吃法很多,不能列举。我以为最好吃的是手把羊肉。维吾尔、哈萨克都有手把羊肉,但似以内蒙为最好。内蒙很多盟旗都说他们那里的羊肉不膻,因为羊吃了草原上的野葱,生前已经自己把膻味解了。我以为不膻固好,膻亦无妨。我曾在达茂旗吃过"羊贝子",即白煮全羊。整只羊放在锅里只煮45分钟(为了照顾远来的汉人客人,多煮了15分钟,他们自己吃,只煮半小时),各人用刀割取自己中意的部位,蘸一点作料(原来只备一碗盐水,近年有了较多的作料)吃。羊肉带生,一刀切下去,会汪出一点血,但是鲜嫩无比。内蒙人说,羊肉越煮越老,半熟的,才易消化,也能多吃。我几次到内蒙,吃羊肉吃得非常过瘾。同行有

慢慢来，好戏都在烟火里

一位女同志，不但不吃，连闻都不能闻。一走进食堂，闻到羊肉气味就想吐。她只好每顿用开水泡饭，吃咸菜，真是苦煞。全国不吃羊肉的人，不在少数。

"鱼羊为鲜"，有一位老同志是获鹿县人，是回民，他倒是吃羊肉的，但是一生不解何所谓鲜。他的爱人是南京人，动辄说："这个菜很鲜"，他说，"什么叫'鲜'？我只知道什么东西吃着'香'。"要解释什么是"鲜"，是困难的。我的家乡以为最能代表鲜味的是虾子。虾子冬笋、虾子豆腐羹，都很鲜。虾子放得太多，就会"鲜得连眉毛都掉了"的。我有个小孙女，很爱吃我配料煮的龙须挂面。有一次我放了虾子，她尝了一口，说"有股什么味！"不吃。

中国不少省份的人都爱吃辣椒，云、贵、川、黔、湘、赣。延边朝鲜族也极能吃辣。人说吃辣椒爱上火。井冈山人说："辣子有补（没有营养），两头受苦。"我认识一个演员，他一天不吃辣椒，就会便秘！我认识一个干部，他每天在机关吃午饭，什么菜也不吃，只带了一小饭盒油炸辣椒来，吃辣椒下饭。顿顿如此。此人真是个吃辣椒专家，全国各地的辣椒，都设法弄了来吃。据他的品评，认为土家族的最好。有一次他带了一饭盒来，让我尝尝，真是又辣又香。然而有人是不吃辣的。我曾随剧团到重庆体验生活。四川无菜不辣，有人实在受不了。有一个演员带了几个年轻的女演员去吃汤圆，一个唱老旦的演员进门就嚷嚷："不要辣椒！"卖汤圆的白了她一眼:"汤圆没有放辣椒的!"

北方人爱吃生葱生蒜。山东人特爱吃葱,吃煎饼、锅盔,没有葱是不行的。有一个笑话:婆媳吵嘴,儿媳妇跳了井。儿子回来,婆婆说:"可了不得啦,你媳妇跳井啦!"儿子说:"不咋!"拿了一根葱在井口逛了一下,媳妇就上来了。山东大葱的确很好吃,葱白长至半尺,是甜的。江浙人不吃生葱蒜,做鱼肉时放葱,谓之"香葱",实即北方的小葱,几根小葱,挽成一个疙瘩,叫做"葱结"。他们把大葱叫做"胡葱",即做菜时也不大用。有一个著名女演员,不吃葱,她和大家一同去体验生活,菜都得给她单做。"文化大革命"斗她的时候,这成了一条罪状。北方人吃炸酱面,必须有几瓣蒜。在长影拍片时,有一天我起晚了,早饭已经开过,我到厨房里和几位炊事员一块吃。那天吃的是炸油饼,他们吃油饼就蒜。我说:"吃油饼哪有就蒜的!"一个河南籍的炊事员说:"嘿!你试试!"果然,"另一个味儿"。我前几年回家乡,接连吃了几天鸡鸭鱼虾,吃腻了,我跟家里人说:"给我下一碗阳春面,弄一碟葱、两头蒜来。"家里人看我生吃葱蒜,大为惊骇。

有些东西,本来不吃,吃吃也就习惯了。我曾经夸口,说我什么都吃,为此挨了两次捉弄。一次在家乡。我原来不吃芫荽(香菜),以为有臭虫味。一次,我家所开的中药铺请我去吃面,——那天是药王生日,铺中管事弄了一大碗凉拌芫荽,说:"你不是什么都吃吗?"我一咬牙,吃了。从此我就吃芫荽了。比来北地,每吃涮羊肉,调料里总要撒上大量芫荽。一次在昆明。苦瓜,我原来也是不吃的,——没有吃过。我们家乡有苦瓜,叫做癞葡萄,是放在瓷盘里看着玩,不吃的。有一位诗人请我下小馆子,他要了三个菜:凉拌苦瓜、炒苦瓜、苦瓜汤。他说:"你不是什么都吃吗?"从此,我就吃苦瓜了。北京人原来是不吃苦瓜的,近年也学会吃了。不过他们用凉水连"拔"三次,基本上不苦了,那还有什么意思!

有些东西,自己尽可不吃,但不要反对旁人吃。不要以为自己不吃的东西,谁吃,就是岂有此理。比如广东人吃蛇,吃龙虱;傣族人爱吃苦肠,即牛肠里没有完全消化的粪汁,蘸肉吃。这在广东人、傣族人,是没有什么奇怪的。他们爱吃,你管得着吗?不过有些东西,我也以为不吃为宜,比如炒肉芽——腐肉所生之蛆。

总之,一个人的口味要宽一点、杂一点,"南甜北咸东辣西酸",都去尝尝。对食物如此,对文化也应该这样。

切脍

《论语·乡党》:"食不厌精,脍不厌细",中国的切脍不知始于何时。孔子以"食"、"脍"对举,可见当时是相当普遍的。北魏贾思勰《齐民要术》提到切脍。唐人特重切脍,杜甫诗累见。宋代切脍之风亦盛。《东京梦华录·三月一日开金明池琼林苑》:

| 第四章 | 生活有味

"多垂钓之士,必于池苑所买牌子,方许捕鱼。游人得鱼,倍其价买之。临水斫脍,以荐芳樽,乃一时佳味也。"元代,关汉卿曾写过"望江亭中秋切鲙"。明代切脍,也还是有的,但《金瓶梅》中未提及,很奇怪。《红楼梦》也没有提到。到了近代,很多人对切脍是怎么回事,都茫然了。

脍是什么?杜诗邵注:"鲙,即今之鱼生、肉生。"更多指鱼生,脍的繁体字是"鱠",可知。

杜甫《阌乡姜七少府设鲙戏赠长歌》对切脍有较详细的描写。脍要切得极细,"脍不厌细",杜诗亦云:"无声细下飞碎雪。"脍是切片还是切丝呢?段成式《酉阳杂俎·物革》云:"进士段硕常识南孝廉者,善斫脍,縠薄丝缕,轻可吹起。"看起来是片和丝都有的。切脍的鱼不能洗。杜诗云:"落砧何曾白纸湿",邵注:"凡作鲙,以灰去血水,用纸以隔之",大概是隔着一层纸用灰吸去鱼的血水。《齐民要术》:"切鲙不得洗,洗则鲙湿。"加什么佐料?一般是加葱的,杜诗:"有骨已剁觜春葱。"《内则》:"鲙,春用葱,夏用芥。"葱是葱花,不会是葱段。至于下不下盐或酱油,乃至酒、酢,则无从臆测,想来总得有点咸味,不会是淡吃。

切脍今无实物可验。杭州楼外楼解放前有名菜醋鱼带靶。所谓"带靶"即将活草鱼的脊背上的肉剔下,切成极薄的片,浇好酱油,生吃。我以为这很近乎切脍。我在1947年春天曾吃过,极鲜美。这道菜听说现在已经没有了,不知是因为有碍卫生,还是厨师无此手艺了。

日本鱼生我未吃过。北京西四牌楼的朝鲜冷面馆卖过鱼生、肉生。鱼生乃切成一寸见方、厚约二分的鱼片,蘸极辣的作料吃。这与"榖薄丝缕"的切脍似不是一回事。

与切脍有关联的,是"生吃螃蟹活吃虾"。生螃蟹我未吃过,想来一定非常好吃。活虾我可吃得多了。前几年回乡,家乡人知道我爱吃"呛虾",于是餐餐有呛虾。我们家乡的呛虾是用酒把白虾(青虾不宜生吃)"醉"死了的。解放前杭州楼外楼呛虾,是酒醉而不待其死,活虾盛于大盘中,上覆大碗,上桌揭碗,虾蹦得满桌,客人捉而食之。用广东话说,这才真是"生猛"。听说楼外楼现在也不卖呛虾了,惜哉!

下生蟹活虾一等的,是将虾蟹之属稍加腌制。宁波的梭子蟹是用盐腌过的,醉蟹、醉泥螺、醉蚶子、醉蛏鼻,都是用高粱酒"醉"过的。但这些都还是生的。因此,都很好吃。

我以为醉蟹是天下第一美味。家乡人贻我醉蟹一小坛。有天津客人来,特地为他剁了几只。他吃了一小块,问:"是生的?"就不敢再吃。

"生的",为什么就不敢吃呢?法国人、俄罗斯人,吃牡蛎,都是生吃。我在纽约南海岸吃过鲜蚌,那绝对是生的,刚打上来的,而且什么作料都不搁,经我要求,服务员才给了一点胡椒粉。

好吃么？好吃极了！

为什么"切脍"、生鱼活虾好吃？曰：存其本味。

我以为"切脍"之风，可以恢复。如果觉得这不卫生，可以依照纽约南海岸的办法：用"远红外"或什么东西处理一下，这样既不失本味，又无致病之虞。如果这样还觉得"膈应"，吞不下，吞下要反出来，那完全是观念上的问题。当然，我也不主张普遍推广，可以满足少数老饕的欲望，"内部发行"。

河豚

阅报，江阴有人食河豚中毒，经解救，幸得不死，杨花扑面，节近清明，这使我想起，正是吃河豚的时候了。苏东坡诗：

竹外桃花三两枝，
春江水暖鸭先知。
蒌蒿满地芦芽短，
正是河豚欲上时。

梅圣俞诗：

河豚当此时，

慢慢来，好戏都在烟火里

贵不数鱼虾。

宋朝人是很爱吃河豚的，没有真河豚，就用了不知什么东西做出河豚的样子和味道，谓之"假河豚"，聊以过瘾，《东京梦华录》等书都有记载。

江阴当长江入海处不远，产河豚最多，也最好。每年春天，鱼市上有很多河豚卖。河豚的脾气很大，用小木棍捅捅它，它就把肚子鼓起来，再捅，再鼓，终至成了一个圆球。江阴河豚品种极多。我所就读的南菁中学的生物实验室里搜集了各种河豚，浸在装了福尔马林的玻璃器内。有的很大，有的小如金钱龟。颜色也各异，有带青绿色的，有白的，还有紫红的。这样齐全的河豚标本，大概只有江阴的中学才能搜集得到。

河豚有剧毒。我在读高中一年级时，江阴乡下出了一件命案，"谋杀亲夫"。"奸夫"、"淫妇"在游街示众后，同时枪决。毒死亲丈夫的东西，即是一条煮熟的河豚。因为是"花案"，那天街的两旁有很多人鹄立伫观。但是实在没有什么好看，奸夫淫妇都蠢而且丑，奸夫还是个黑脸的麻子。这样的命案，也只能出在江阴。

但是河豚很好吃，江南谚云："拼死吃河豚"，豁出命去，也要吃，可见其味美。据说整治得法，是不会中毒的。我的几个同学都曾约定请我上家里吃一次河豚，说是"保证不会出问题"。江阴正街上有一家饭馆，是卖河豚的。这家饭馆有一块祖传的木板，刷印保单,内容是如果在他家铺里吃河豚中毒致死,主人可以偿命。

河豚之毒在肝脏、生殖腺和血,这些可以小心地去掉。这种办法有例可援,即"洁本金瓶梅"是。

我在江阴读书两年,竟未吃过河豚,至今引为憾事。

野菜

春天了,是挖野菜的时候了。踏青挑菜,是很好的风俗。人在屋里闷了一冬天,尤其是妇女,到野地里活动活动,呼吸一点新鲜空气,看看新鲜的绿色,身心一快。

南方的野菜,有枸杞、荠菜、马兰头……北方野菜则主要的是苣荬菜。枸杞、荠菜、马兰头用开水焯过,加酱油、醋、香油凉拌。苣荬菜则是洗净,去根,蘸甜面酱生吃。或曰吃野菜可以"清火",有一定道理。野菜多半带一点苦味,凡苦味菜,皆可清火。但是更重要的是吃个新鲜。有诗人说:"这是吃春天",这话说得有点做作,但也还说得过去。

敦煌变文、《云谣集杂曲子》、打枣杆、挂枝儿、吴歌,乃至《白雪遗音》等等,是野菜。因为它新鲜。

肉食者不鄙

汪曾祺

狮子头

狮子头是淮安菜。猪肉肥瘦各半,爱吃肥的亦可肥七瘦三,要"细切粗斩",如石榴米大小(绞肉机绞的肉末不行),荸荠切碎,与肉末同拌,用手抟成招柑大的球,入油锅略炸,至外结薄壳,捞出,放进水锅中,加酱油、糖,慢火煮,煮至透味,收汤放入深腹大盘。

狮子头松而不散,入口即化,北方的"四喜丸子"不能与之相比。

周总理在淮安住过,会做狮子头,曾在重庆红岩八路军办事处做过一次,说:"多年不做了,来来来,尝尝!"想必做得很成功,因为语气中流露出得意。

我在淮安中学读过一个学期,食堂里有一次做狮子头,一大锅油，狮子头像炸麻团似的在油里翻滚，捞出，放在碗里上笼蒸，下衬白菜。一般狮子头多是红烧，食堂所做却是白汤，我觉最能存其本味。

镇江肴蹄

镇江肴蹄，盐渍，加硝，放大盆中，以巨大石块压之，至肥瘦肉都已板实，取出，煮熟，晾去水汽，切厚片，装盘。瘦肉颜色殷红，肥肉白如羊脂玉，入口不腻。

吃肴肉，要蘸镇江醋，加嫩姜丝。

乳腐肉

乳腐肉是苏州松鹤楼的名菜，制法未详。我所做乳腐肉乃以意为之。猪肋肉一块，煮至六七成熟，捞出，俟冷，切大片，每片须带肉皮、肥瘦肉，用煮肉原汤入锅，红乳腐碾烂，加冰糖、黄酒，小火焖。乳腐肉嫩如豆腐，颜色红亮，下饭最宜。汤汁可蘸银丝卷。

慢慢来，好戏都在烟火里

腌笃鲜

上海菜。鲜肉和咸肉同炖，加扁尖笋。

东坡肉

浙江杭州、四川眉山，全国到处都有东坡肉。苏东坡爱吃猪肉，见于诗文。东坡肉其实就是红烧肉，功夫全在火候。先用猛火攻，大滚几开，即加作料，用微火慢炖，汤汁略起小泡即可。东坡论煮肉法，云须忌水，不得已时可以浓茶烈酒代之。完全不加水是不行的，会焦煳粘锅，但水不能多。要加大量黄酒。扬州炖肉，还要加一点高粱酒。加浓茶，我试过，也吃不出有什么特殊的味道。

传东坡有一首诗："无竹令人俗，无肉令人瘦。若要不俗与不瘦，除非天天笋烧肉。"未必可靠，但苏东坡有时是会写这种打油体的诗的。冬笋烧肉，是很好吃。我的大姑妈善做这道菜，我每次到姑妈家，她都做。

霉干菜烧肉

这是绍兴菜，全国各处皆有，但不似绍兴人三天两头就要吃一次，鲁迅一辈子大概都离不开霉干菜。《风波》里所写的蒸得乌黑的霉干菜很诱人,那大概是不放肉的。

黄鱼鲞烧肉

宁波人爱吃黄鱼鲞(黄鱼干)烧肉,广东人爱吃咸鱼烧肉,这都是外地人所不能理解的口味,其实这种搭配是很有道理的。近几年因为违法乱捕,黄鱼产量锐减,连新鲜黄鱼都很难吃到,更不用说黄鱼鲞了。

火腿

浙江金华火腿和云南宣威火腿风格不同。金华火腿味清,宣威火腿味重。

昆明过去火腿很多,哪一家饭铺里都能吃到火腿。昆明人爱吃肘棒的部位,横切成圆片,外裹一层薄皮,里面一圈肥肉,当中是瘦肉,叫做"金钱片腿"。正义路有一家火腿庄,专卖火腿,除了整只的、零切的火腿,还可以买到火腿脚爪、火腿油。火腿油炖豆腐很好吃。护国路原来有一家本地馆子,叫"东月楼",有一道名菜"锅贴乌鱼",乃以乌鱼片两片,中夹火腿一片,在平底铛上烙熟,味道之鲜美,难以形容。前年我到昆明去,向本地人问起东月楼,说是早就没有了,"锅贴乌鱼"遂成《广陵散》。

华山南路吉庆祥的火腿月饼,全国第一。一个重旧秤四两,名曰"四两砣"。吉庆祥还在,而且有了分号,所制四两砣不减当年。

腊肉

湖南人爱吃腊肉。农村人家杀了猪,大部分都腌了,挂在厨灶房梁上,烟熏成腊肉。我不怎样爱吃腊肉,有一次在长沙一家大饭店吃了一回蒸腊肉,这盘腊肉真叫好。通常的腊肉是条状,切片不成形,这盘腊肉却是切成颇大的整齐的方片,而且蒸得极烂,我没有想到腊肉能蒸得这样烂!入口香糯,真是难得。

夹沙肉·芋泥肉

夹沙肉和芋泥肉都是甜的,夹沙肉是川菜,芋泥肉是广西菜。厚膘臀尖肉,煮半熟,捞出,沥去汤,过油灼肉皮起泡,候冷,切大片,两片之间不切通,夹入豆沙,装碗笼蒸,蒸至四川人所说"粑而不烂"倒扣在盘里,上桌,是为夹沙肉。芋泥肉做法与夹沙肉相似,芋泥较豆沙尤为细腻,且有芋香,味较夹沙肉更胜一筹。

白肉火锅

白肉火锅是东北菜。其特点是肉片极薄,是把大块肉冻实了,用刨子刨出来的,故入锅一涮就熟,很嫩。白肉火锅用海蛎子(蚝)作锅底,加酸菜。

烤乳猪

烤乳猪原来各地都有,清代满汉餐席上必有这道菜,后来别处渐渐没有,只有广东一直盛行,大饭店或烧腊摊上的烤乳猪都很好。烤乳猪如果抹一点甜面酱卷薄饼吃,一定不亚于北京烤鸭。可惜广东人不大懂得吃饼,一般烤乳猪只作为冷盘。

腊八粥(节选)
沈从文

初学喊爸爸的小孩子,会出门叫洋车了的大孩子,嘴巴上长了许多白胡胡的老孩子,提到腊八粥,谁不口上就立时生一种甜甜的腻腻的感觉呢。把小米,饭豆,枣,栗,白糖,花生仁儿合并拢来糊糊涂涂煮成一锅,让它在锅中叹气似的沸腾着,单看它那叹气样儿,闻闻那种香味,就够咽三口以上的唾沫了,何况是,大碗大碗的装着,大匙大匙朝口里塞灌呢!

住方家大院的八儿,今天喜得快要发疯了。一个人出出进进灶房,看到那一大锅正在叹气的粥,碗盏都已预备得整齐摆到灶边好久了,但他妈总说是时候还早。

他妈正拿起一把锅铲在粥里搅和。锅里的粥也像是益发浓稠了。

"妈,妈,要到什么时候才……"

"要到夜里!"其实他妈所说的夜里,并不是上灯以后。但八儿听了这种松劲的话,眼睛可急红了。锅子中,有声无力的叹气正还在继续。

"那我饿了!"八儿要哭的样子。

"饿了,也得到太阳落下时才准吃。"

饿了,也得到太阳落下时才准吃。你们想,妈的命令,看羊还不够资格的八儿,难道还能设什么法来反抗吗?并且八儿所说的饿,也不可靠,不过因为一进灶房,就听到那锅子中叹气又像是正在呻唤的东西,因好奇而急于想尝尝这奇怪东西罢了。

"妈,妈,等一下我要吃三碗!我们只准大哥吃一碗。大哥同爹都吃不得甜的,我们俩光吃甜的也行……妈,妈,你吃三碗我也吃三碗,大哥同爹只准各吃一碗;一共八碗,是吗?"

"是呀!孥孥说得对。"

"要不然我吃三碗半,你就吃两碗半……"

"卜……"锅内又叹了声气。八儿回过头来了。

比灶矮了许多的八儿,回过头来的结果,亦不过看到一股淡淡烟气往上一冲而已!

锅中的一切,这在八儿,只能猜想……栗子会已稀烂到认不清楚了罢,赤饭豆会煮得浑身透肿成了患水蛊胀病那样子了罢,花生仁儿吃来总已是面东东的了!枣子必大了三四倍——要是真的干红枣也有那么大,那就妙极了!糖若作多了,它会起锅巴……

"妈,妈,你抱我起来看看罢!"于是妈就如八儿所求的把他

慢慢来，好戏都在烟火里

抱了起来。

"恶……"他惊异得喊起来了，锅中的一切已进了他的眼中。

这不能不说是奇怪呀，栗子跌进锅里，不久就得粉碎，那是他知道的。他曾见过跌进到黄焖鸡锅子里的一群栗子，不久就融掉了。赤饭豆害水蛊肿，那也是往常熬粥时常见的事。花生仁儿脱了他的红外套，这是不消说的事。锅巴，正是围了锅边成一圈。总之，一切都成了如他所猜的样子了，但他却不想到今日粥的颜色是深褐。

"怎么，黑的！"八儿还同时想起染缸里的脏水。

"枣子同赤豆搁多了。"妈的解释的结果，是捡了一枚特别大得吓人的赤枣给了八儿。

虽说是枣子同饭豆搁得多了一点，但大家都承认味道是比普通的粥要好吃得多了。

夜饭桌边，靠到他妈斜立着的八儿，肚子已成了一面小鼓了。如在热天，总免不了又要为他妈的手掌麻烦一番罢。在他身边桌上那两只筷子，很浪漫的摆成一个十字。桌上那大青花碗中的半碗陈腊肉，八儿的爹同妈也都奈何它不来了。

豆腐
梁实秋

豆腐是我们中国食品中的瑰宝。豆腐之法,是否始于汉淮南王刘安,没有关系,反正我们已经吃了这么多年,至今仍然在吃。在海外留学的人,到唐人街杂碎馆打牙祭少不了要吃一盘烧豆腐,方才有家乡风味。有人在海外由于制豆腐而发了财,也有人研究豆腐而得到学位。

关于豆腐的事情,可以编写一部大书,现在只是谈谈几项我个人所喜欢的吃法。

凉拌豆腐,最简单不过。买块嫩豆腐,冲洗干净,加上一些葱花,撒些盐,加麻油,就很好吃。若是用红酱豆腐的汁浇上去,更好吃。至不济浇上一些酱油膏和麻油,也不错。我最喜欢的是香椿拌豆腐。香椿就是庄子所说的"以八千岁为春,以八千岁为秋"的椿。取其吉利,我家后院植有一棵不大不小的椿树,春发嫩芽,绿中微带红色,摘下来用沸水一烫,切成碎末,拌豆腐,有奇香。可

慢慢来，好戏都在烟火里

是别误摘臭椿，臭椿就是樗，本草李时珍曰："其叶臭恶，歉年人或采食。"近来台湾也有香椿芽偶然在市上出现，虽非臭椿，但是嫌其太粗壮，香气不足。在北平，和香椿拌豆腐可以相提并论的是黄瓜拌豆腐，这黄瓜若是冬天温室里长出来的，在没有黄瓜的季节吃黄瓜拌豆腐，其乐也如何？比松花拌豆腐好吃得多。

"鸡刨豆腐"是普通家常菜，可是很有风味。一块老豆腐用铲子在沙锅热油里戳碎，戳得乱七八糟，略炒一下，倒下一个打碎了的鸡蛋，再炒，加大量葱花。养过鸡的人应该知道，一块豆腐被鸡刨了是什么样子。

锅塌豆腐又是一种味道。切豆腐成许多长方块，厚薄随意，裹以鸡蛋汁，再裹上一层芡粉，入油锅炸，炸到两面焦，取出。再下锅，浇上预先备好的调味汁，如酱油料酒等，如有虾子羼入更好。略烹片刻，即可供食。虽然仍是豆腐，然已别有滋味。台北天厨陈万策老板，自己吃长斋，然喜烹调，推出的锅塌豆腐就是北平作风。

沿街担贩有卖"老豆腐"者。担子一边是锅灶，煮着一锅豆腐，久煮成蜂窝状，另一边是碗匙佐料如酱油、醋、韭菜末、芝麻酱、辣椒油之类。这样的老豆腐，自己在家里也可以做。天厨的老豆腐，加上了鲍鱼火腿等，身份就不一样了。

担贩亦有吆喝"卤煮啊，炸豆腐！"者，他卖的是炸豆腐，三角形的，间或还有加上炸豆腐丸子的，煮得烂，加上些佐料如花椒

第四章 生活有味

之类，也别有风味。

一九二九年至一九三零年之际，李璜先生宴客于上海四马路美丽川（应该是美丽川菜馆，大家都称之为美丽川），我记得在座的有徐悲鸿、蒋碧薇等人，还有我不能忘的席中的一道"蚝油豆腐"。事隔五十余年，不知李幼老还记得否。蚝油豆腐用头号大盘，上面平铺着嫩豆腐，一片片的像瓦垄然，整齐端正，黄橙橙的稀溜溜的蚝油汁洒在上面，亮晶晶的。那时候四川菜在上海初露头角，我首次品尝，诧为异味，此后数十年间吃过无数次川菜，不曾再遇此一杰作。我揣想那一盘豆腐是摆好之后去蒸的，然后浇汁。

厚德福有一道名菜，尝过的人不多，因为非有特殊关系或情形他们不肯做，做起来太麻烦，这就是"罗汉豆腐"。豆腐捣成泥，加芡粉以增其黏性，然后捏豆腐泥成小饼状，实以肉馅，和捏汤团一般，下锅过油，再下锅红烧，辅以佐料。罗汉是断尽三界一切见思惑的圣者，焉肯吃外表豆腐而内含肉馅的丸子，称之为罗汉豆腐是有揶揄之意，而且也没有特殊的美味，和"佛跳墙"同是噱头而已。

冻豆腐是广受欢迎的，可下火锅，可做冻豆腐粉丝熬白菜（或酸菜）。有人说，玉泉山的冻豆腐最好吃，泉水好，其实也未必。凡是冻豆腐，味道都差不多。我常看到北方的劳苦人民，辛劳一天，然后拿着一大块锅盔，捧着一黑皮大碗的冻豆腐粉丝熬白菜，唏里呼噜的吃，我知道他自食其力，他很快乐。

北平的零食小贩
梁实秋

北平人馋。馋，据字典说是"贪食也"，其实不只是贪食，是贪食各种美味之食。美味当前，固然馋涎欲滴，即使闲来无事，馋虫亦在咽喉中抓挠，迫切地需要一点什么以膏馋吻。三餐时固然希望膏粱罗列，任我下箸；三餐以外的时间也一样的想馋嚼，以锻炼其咀嚼筋。看鹭鸶的长颈都有一点羡慕，因为颈长可以享受更多的徐徐下咽之感，此谓之馋。"馋"字在外国语中无适当的字可以代替，所以讲到馋，真"不足为外人道"。有人说北平人之所以特别馋，是由于当年的八旗子弟游手好闲的太多，闲就要生事，在吃上打主意自然也是可以理解的。所以各式各样的零食小贩便应运而生，自晨至夜逡巡于大街小巷之中。

北平小贩的吆喝声是很特殊的。我不知道这与平剧有无关系，其抑扬顿挫，变化颇多，有的豪放如唱大花脸，有的沉闷如黑头，又有的清脆如生旦，在白昼给浩浩欲沸的市声平添不少情趣，在夜晚又给寂静的夜带来一些凄凉。细听小贩的呼声，则有直譬，有隐喻，有时竟像谜语一般耐人寻味，而且他们的吆喝声，数十年如一日，不曾有过改变。我如今闭目沉思，北平零食小贩的呼声俨然在耳，一个个地如在目前。现在让我就记忆所及，细细数说。

首先让我提起"豆汁儿"。绿豆渣发酵后煮成稀汤，是为豆汁儿，淡草绿色而又微黄，味酸而又带一点霉味，稠稠的，混混的，热热的。佐以辣咸菜，即"棺材板"切细丝，加芹菜梗、辣椒丝或末。有时亦备较高级之酱菜，如酱萝卜、酱黄瓜之类，但反不如辣咸菜之可口。午后啜三两碗，愈吃愈辣，愈辣愈喝，愈喝愈热，终至大汗淋漓，舌尖麻木而止。北平城里人没有不嗜豆汁儿者，但一出城则豆渣只有喂猪的份，乡下人没有喝豆汁儿的。外省人居住北平三二十年往往不能养成喝豆汁儿的习惯。能喝豆汁儿的人才算是真正的北平人。

其次是"灌肠"。后门桥头那一家的大灌肠，是真的猪肠做的，遐迩驰名，但嫌油腻。小贩的灌肠虽有肠之名，实则并非是肠，仅具肠形，一条条的以芡粉为主所做成的橛子，切成不规则形的小片，放在平底大油锅上煎炸，炸得焦焦的，蘸蒜盐汁吃。据说那油不是普通油，是从作坊里从马肉等熬出来的油，所以有这一种怪味。单闻那种油味，能把人恶心死，但炸出来的灌肠，喷香！

从下午起有沿街叫卖"面筋哟"者，你喊他时须喊"卖熏鱼儿的"！他来到你的门口打开他的背盒由你拣选时却主要的是猪头肉。除猪头肉的脸子、双皮、口条之外还有脑子、肝、肠、苦肠、心头、蹄筋等等，外带着别有风味的干硬的火烧。刀口上手艺非凡，从夹板缝里抽出一把飞薄的刀，横着削切，把猪头肉切得其薄如纸，塞在那火烧里食之，熏味扑鼻！这种卤味好像不能登大雅之堂，但是在煨煮熏制中有特殊的风味，离开北平便尝不到。

薄暮后有叫卖羊头肉者，这是回族人的生意，刀板器皿刷洗得一尘不染，切羊脸子是他的拿手，切得真薄，从一只牛角里洒出一些特制的胡盐。北平的羊好，有浓厚的羊味，可又没有浓厚到膻的地步。

也有推着车子卖"烧羊脖子、烧羊肉"的。烧羊肉是经过煮和炸两道手续的，除肉之外还有肚子和卤汤。在夏天佐以黄瓜、大蒜，是最好的下面之物。推车卖的不及街上羊肉铺所发售的，但慰情聊胜于无。

北平的"豆腐脑"，异于川湘的豆花，是哆里哆嗦的软嫩豆腐，上面浇一勺卤，再加蒜泥。

"老豆腐"另是一种东西，是把豆腐煮出了蜂窠，加芝麻酱、韭菜末、辣椒等佐料，热乎乎的，连吃带喝亦颇有味。

北平人做的"烫面饺"不算一回事，真是举重若轻、叱咤立办。你喊三十饺子，不大的工夫就给你端上来了，一个个包得细长齐整、又俊又俏。

斜尖的炸豆腐，在花椒盐水里煮得饱饱的，有时再羼进几个粉丝做的炸丸子，放进一点辣椒酱，也算是一味很普通的零食。

馄饨何处无之？北平挑担卖馄饨的却有他的特点。馄饨本身没有什么异样，由筷子头拨一点肉馅，往三角皮子上一抹就是一个馄饨。特殊的是那一锅肉骨头熬的汤别有滋味，谁家里也不会把那么多的烂骨头煮那么久。

一清早卖点心的很多，最普通的是烧饼、油鬼。北平的烧饼主要的有四种：芝麻酱烧饼、螺丝转、马蹄、驴蹄，各有千秋。芝麻酱烧饼，外省仿造者都不像样，不是太薄就是太厚，不是太大就是太小，总是不够标准。螺丝转儿最好是和"甜浆粥"一起用，要夹小圆圈油鬼。马蹄儿只有薄薄的两层皮，宜加圆泡的甜油鬼。驴蹄儿又小又厚，不要油鬼做伴。北平油鬼，不叫油条，因为根本不做长条状，主要的只有两种，四个圆泡连在一起的是甜油鬼，小圆圈的油鬼是咸的，炸得特焦，夹在烧饼里，一按咔嚓一声。离开北平的人没有不想念那种油鬼的。外省的油条，虚泡囊肿，不够味，要求炸焦一点也不行。

"面茶"在别处没见过。真正的一锅糨糊，炒面熬的，盛在碗里之后，在上面用筷子蘸着芝麻酱撒满一层，惟恐洒得太多似的。味道好么？至少是很怪。

卖"三角馒头"的永远是山东老乡。打开蒸笼布，热腾腾的各样蒸食，如糖三角、混糖馒头、豆沙包、蒸饼、红枣蒸饼、高庄馒头，听你拣选。

慢慢来，好戏都在烟火里

"杏仁茶"是北平的好，因为杏仁出在北方，提味的是那少数几颗苦杏仁。

豆类做出的吃食可多了，首先要提"豌豆糕"。小孩子一听打糖锣的声音很少有不怦然心动的。卖豌豆糕的人有一把手艺，他会把一块豌豆泥捏成各式各样的东西，他可以听你的吩咐捏一把茶壶，壶盖、壶把、壶嘴俱全，中间灌上黑糖水，还可以一杯一杯地往外倒。规模大一点的是荷花盆，真有花有叶，盆里灌黑糖水。最简单的是用模型翻制小饼，用芝麻做馅。后来还有"仿膳"的伙计出来做这一行生意，善用豌豆泥制各式各样的点心，大八件、小八件，什么卷酥喇嘛糕、枣泥饼花糕，五颜六色，应有尽有，惟妙惟肖。

"豌豆黄"之下街卖者是粗的一种，制时未去皮，加红枣，切成三尖形矗立在案板上。实际上比铺子卖的较细的放在纸盒里的那种要有味得多。

"热芸豆"有红白二种，普通的吃法是用一块布挤成一个豆饼，可甜可咸。

"烂蚕豆"是俟蚕豆发芽后加五香、大料煮成，烂到一挤即出。

"铁蚕豆"是把蚕豆炒熟，其干硬似铁。牙齿不牢者不敢轻试，但亦有酥皮者，较易嚼。

夏季雨后，照例有小孩提着竹篮，赤足蹚水而高呼"干香豌豆"，咸滋滋的也很好吃。

"豆腐丝"，粗糙如豆腐渣，但有人拌葱卷饼而食之。

"豆渣糕"是芸豆泥做的，作圆球形，蒸食，售者以竹筷插之，一插即是两颗，加糖及黑糖水食之。

"儿糕"，是米面填木碗中蒸之，嗞嗞作响，顷刻而熟。

"浆米藕"是老藕孔中填糯米，煮熟切片加糖而食之。挑子周围经常环绕着馋涎欲滴的小孩子。

北平的"酪"是一项特产，用牛奶凝冻而成，夏日用冰镇，凉香可口，讲究一点的酪在酪铺发售，沿街贩卖者亦不恶。

"白薯"（即南人所谓"红薯"），有三种吃法，初秋街上喊"栗子味儿的"者是干煮白薯，细细小小的，一根根的放在车上卖。稍后喊"锅底儿热和"者为带汁的煮白薯，块头较大，亦较甜。此外是烤白薯。

"老玉米"（即玉蜀黍）初上市时，也有煮熟了在街上卖的。对于城市中人，这也是一种新鲜滋味。

沿街卖的"粽子"，包得又小又俏，有加枣的，有不加枣的，摆在盘子里齐整可爱。

北平没有汤圆，只有"元宵"，到了元宵季节，街上有叫卖煮元宵的。袁世凯称帝时，曾一度禁称元宵，因与"袁消"二字音同，改称汤圆，可嗤也。

糯米团子加豆沙馅，名曰"爱窝"或"爱窝窝"。

慢慢来，好戏都在烟火里

黄米面做的"切糕"，有加红豆的，有加红枣的，卖时切成斜块，插以竹签。

菱角是小的好，所以北平小贩卖的是小菱角，有生有熟，用剪去刺，当中剪开。很少卖大的红菱者。

"老鸡头"即芡实。生者为刺囊状，内含芡实数十颗，熟者则为圆硬粒，须敲碎食其核仁。

供儿童以糖果的，从前是"打糖锣的"，后又有卖"梨糕"的，此外如"吹糖人的"、卖"糖杂面的"，都经常徘徊于街头巷尾。

"爬糕""凉粉"都是夏季平民食物，又酸又辣。

"驴肉"，听起来怪骇人的，其实切成大片瘦肉，也很好吃。是否有骆驼肉、马肉混在其中，我不敢说。

担着大铜茶壶满街跑的是卖"茶汤"的，用开水一冲，即可调成一碗茶汤，和铺子里的八宝茶汤或牛髓茶固不能比，但亦颇有味。

"油炸花生仁"是用马油炸的，特别酥脆。

北平"酸梅汤"之所以特别好，是因为使用冰糖，并加玫瑰、木樨、桂花之类。信远斋的最合标准，沿街叫卖的便徒有其名了，而且加上天然冰亦颇有碍卫生。卖酸梅汤的普通兼带"玻璃粉"及小瓶用玻璃球做盖的汽水。"果子干"也是重要的一项副业，用杏干、柿饼、鲜藕煮成。"玫瑰枣"也很好吃。

冬天卖"糖葫芦",裹麦芽糖或糖稀的不太好,蘸冰糖的才好吃。各种原料皆可制糖葫芦,惟以"山里红"为正宗。其他如海棠、山药、山药豆、杏干、核桃、荸荠、橘子、葡萄、金橘等均佳。

北地苦寒,冬夜特别寂静,令人难忘的是那卖"水萝卜"的声音:"萝卜——赛梨——辣了换!"那红绿萝卜,多汁而甘脆,切得又好,对于北方煨在火炉旁边的人特别有沁人心脾之效。这等萝卜,别处没有。

有一种内空而瘪的小花生,大概是拣选出来的不够标准的花生,炒焦了之后,其味特香,远在白胖的花生之上,名曰"抓空儿",亦冬夜的一种点缀。

夜深时往往听到沉闷而迟缓的"硬面饽饽"声,有光头、凸盖、镯子等,亦可充饥。

水果类则四季不绝地应世,诸如:三白的大西瓜、蛤蟆酥、羊角蜜、老头儿乐、鸭儿梨、小白梨、肖梨、糖梨、烂酸梨、沙果、苹果、虎拉车、杏、桃、李、山里红、柿子、黑枣、嘎嘎枣、老虎眼大酸枣、荸荠、海棠、葡萄、莲蓬、藕、樱桃、桑葚、槟子……不可胜举,都在沿门求售。

以上约略举说,只就记忆所及,挂漏必多。而且数十年来,北平也正在变动,有些小贩由式微而没落,也有些新的应运而生,比我长一辈的人所见所闻可能比我要丰富些,比我年轻的人可能遇到

慢慢来，好戏都在烟火里

一些较新鲜而失去北平特色的事物。总而言之，北平是在向新颖而庸俗方面变，在零食小贩上即可窥见一斑。如今呢，胡尘涨宇，面目全非，这些小贩，还能保存一二与否，恐怕在不可知之数了。但愿我的回忆不是永远地成为回忆！

饮食男女在福州

郁达夫

福州的食品,向来很为外省人所赏识。前十余年在北平,说起私家的厨子,我们总同声一致的赞成刘崧生先生和林宗孟先生家里的蔬菜的可口。当时宣武门外的忠信堂正在流行,而这忠信堂的主人,就系旧日刘家的厨子,曾经做过清室的御厨房的。上海的小有天以及现在早已歇业了的消闲别墅,在粤菜还没有征服上海之先,也曾盛行过一时。面食里的伊府面,听说还是汀州伊墨卿太守的创作;太守住扬州日久,与袁子才也时相往来,可惜他没有像随园老人那么的好事,留下一本食谱来,教给我们以烹调之法;否则,这一个福建萨伐郎(Savarin)的荣誉,也早就可以驰名海外了。

福建菜的所以会这样著名,而实际上却也实在是丰盛不过的原因,第一,当然是由于天然物产的富足。福建全省,东南并海,西北多山,所以山珍海味,一例的都贱如泥沙。听说沿海的居民,不必忧虑饥饿,大海潮回,只消上海滨去走走,就可以拾一篮海货来充作食品。又加以地气温暖,土质腴厚,森林蔬菜,随处都可以培植,随时都可以采撷。一年四季,笋类菜类,常是不断;野菜的味道,吃起来又比别处的来得鲜甜。福建既有了这样丰富的天产,再加上以在外省各地游宦营商者的数目的众多,作料采从本地,烹制学自外方,五味调和,百珍并列,于是乎闽菜之名,就宣传在饕餮家的口上了。清初周亮工著的《闽小纪》两卷,记述食品处独多,按理原也是应该的。

福州海味,在春三二月间,最流行而最肥美的,要算来自长乐的蚌肉,与海滨一带多有的蛎房。《闽小纪》里所说的西施舌,不知是否指蚌肉而言;色白而腴,味脆且鲜,以鸡汤煮得适宜,长圆的蚌肉,实在是色香味俱佳的神品。听说从前有一位海军当局者,老母病剧,颇思乡味;远在千里外,欲得一蚌肉,以解死前一刻的渴慕,部长纯孝,就以飞机运蚌肉至都。从这一件轶事看来,也可想见这蚌肉的风味了;我这一回赶上福州,正及蚌肉上市的时候,所以红烧白煮,吃尽了几百个蚌,总算也是此生的豪举,特笔记此,聊志口福。

蛎房并不是福州独有的特产,但福建的蛎房,却比江浙沿海一带所产的,特别的肥嫩清洁。正二三月间,沿路的摊头店里,到处都堆满着这淡蓝色的水包肉;价钱的廉,味道的鲜,比到东坡在岭南所贪食的蚝,当然只会得超过。可惜苏公不曾到闽海去谪居,否则,阳羡之田,可以不买,苏氏子孙,或将永寓在三山二塔之下,也说不定。福州人叫蛎房作"地衣",略带"挨"字的尾声,写起字来,我想只有"蚳"字,可以当得。

在清初的时候,江瑶柱似乎还没有现在那么的通行,所以周亮工再三的称道,誉为逸品。在目下的福州,江瑶柱却并没有人提起了,鱼翅席上,缺少不得的,倒是一种类似宁波横脚蟹的蟳蟹,福州人叫作"新恩",《闽小纪》里所说的虎蟳,大约就是此物。据福州人说,蟳肉最滋补,也最容易消化,所以产妇病人以及体弱的人,往往爱吃。但由对蟹类素无好感的我看来,却仍赞成周亮工之言,终觉得质粗味劣,远不及蚌与蛎房或香螺的来得干脆。

福州海味的种类,除上述的三种以外,原也很多很多;但是别地方也有,我们平常在上海也常常吃得到的东西,记下来也没有什么价值,所以不说。至于与海错相对的山珍哩,却更是可以干制,可以输出的东西,益发的没有记述的必要了,所以在这里只想说一说叫作肉燕的那一种奇异的包皮。

初到福州,打从大街小巷里走过,看见好些店家,都有一个大砧头摆在店中;一两位壮强的男子,拿了木锥,只在对着砧上的一大块猪肉,一下一下的死劲地敲。把猪肉这样的乱敲乱打,究竟算什么回事?我每次看见,总觉得奇怪;后来向福州的朋友一打听,才知道这就是制肉燕的原料了。所谓肉燕者,就是将猪肉打得粉烂,和入面粉,然后再制成皮子,如包馄饨的外皮一样,用以来包制菜蔬的东西。听说这物事在福建,也只是福州独有的特产。

慢慢来，好戏都在烟火里

福州食品的味道，大抵重糖；有几家真正福州馆子里烧出来的鸡鸭四件，简直是同蜜饯的罐头一样，不杂入一粒盐花。因此福州人的牙齿，十人九坏。有一次去看三赛乐的闽剧，看见台上演戏的人，个个都是满口金黄；回头更向左右的观众一看，妇女子的嘴里也大半镶着全副的金色牙齿。于是天黄黄，地黄黄，弄得我这一向就痛恨金牙齿的偏执狂者，几乎想放声大哭，以为福州人故意在和我捣乱。

将这些脱嫌糖重的食味除起，若论到酒，则福州的那一种土黄酒，也还勉强可以喝得。周亮工所记的玉带春、梨花白、蓝家酒、碧霞酒、莲须白、河清、双夹、西施红、状元红等，我都不曾喝过，所以不敢品评。只有会城各处在卖的鸡老（酪）酒，颜色却和绍酒一样的红似琥珀，味道略苦，喝多了觉得头痛。听说这是以一生鸡，悬之酒中，等鸡肉鸡骨都化了后，然后开坛饮用的酒，自然也是越陈越好。福州酒店外面，都写酒库两字，发卖叫发扛，也是新奇得很的名称。以红糟酿的甜酒，味道有点像上海的甜白酒，不过颜色桃红，当是西施红等名目出处的由来。莆田的荔枝酒，颜色深红带黑，味甘甜如西班牙的宝德红葡萄，虽则名贵，但我却终不喜欢。福州一般宴客，喝的总还是绍兴花雕，价钱极贵，斤量又不足，而酒味也淡似沪杭各地，我觉得建庄终究不及京庄。

福州的水果花木，终年不断；橙柑、福橘、佛手、荔枝、龙眼、甘蔗、香蕉，以及茉莉、兰花、橄榄等等，都是全国闻名的品物；好事者且各有谱谍之著，我在这里，自然可以不说。

闽茶半出武夷，就是不是武夷之产，也往往借这名山为号召。铁罗汉，铁观音的两种，为茶中柳下惠，非红非绿，略带赭色；酒醉之后，喝它三杯两盏，头脑倒真能清醒一下。其他若龙团玉乳，大约名目总也不少，我不恋茶娇，终是俗客，深恐品评失当，贻笑大方，在这里只好轻轻放过。

从《闽小纪》中的记载看来，番薯似乎还是福建人开始从南洋运来的代食品；其后因种植的便利，食味的甘美，就流传到内地去了；这植物传播到中国来的时代，只在三百年前，是明末清初的时候，因亮工所记如此，不晓得究竟是否确实。不过福建的米麦，向来就说不足，现在也须仰给于外省或台湾，但田稻倒又可以一年两植。而福州正式的酒席，大抵总不吃饭散场，因为菜太丰盛了，吃到后来，总已个个饱满，用不着再以饭颗来充腹之故。

饮食外的有名处所，城内为树春园、南轩、河上酒家、可然亭等。味和小吃，亦佳且廉；仓前的鸭面，南门兜的素菜与牛肉馆，鼓楼西的水饺子铺，都是各有长处的小吃处；久吃了自然不对，偶尔去一试，倒也别有风味。城外在南台的西菜馆，有嘉宾、西宴台、法大、西来，以及前临闽江，内设戏台的广聚楼等。洪山桥畔的义心楼，以吃形同比目鱼的贴沙鱼著名；仓前山的快乐林，以吃小盘西洋菜见称，这些当然又是菜馆中的别调。至如我所寄寓的青年会食堂，地方清洁宽广，中西菜也可以吃吃，只是不同耶稣的飨

慢慢来，好戏都在烟火里

宴十二门徒一样，不许顾客醉饮葡萄酒浆，所以正式请客，大感不便。

此外则福建特有的温泉浴场，如汤门外的百合、福龙泉，飞机场的乐天泉等，也备有饮馔供客；浴客往往在这些浴场里，可以鬼混一天，不必出外去买酒买食，却也便利。从前听说更可以在个人池内男女同浴，则饮食男女，就不必分求，一举竟可以两得了。

因为福州人种的血统，有这种种的沿革，所以福建人的面貌，和一般中原的汉族，有点两样。大致广颡深眼，鼻子与颧骨高突，两颊深陷成窝，下额部也稍稍尖凸向前。这一种面相，生在男人的身上，倒也并不觉得特别；但一生在女人的身上，高突部为嫩白的皮肉所调和，看起来却个个都线条刻画分明，像是希腊古代的雕塑人形了。福州女人的另一特点，是在她们的皮色的细白。生长在深闺中的宦家小姐，不见天日，白腻原也应该；最奇怪的，却是那些住在城外的工农佣妇，也一例地有着那种嫩白微红，像刚施过脂粉似的皮肤。大约日夕灌溉的温泉浴是一种关系，吃的闽江江水，总也是一种关系。

我们从前没有居住过福建，心目中总只以为福建人种，是一种蛮族。后来到了那里，和他们的文化一接触，才晓得他们虽则开化得较迟，但进步得却很快；又因为东南是海港的关系，中西文化的交流，也比中原僻地为频繁，所以闽南的有些都市，简直繁华摩登得可以同上海来争甲乙。及至观察稍深，一移目到了福州的女性，更觉得她们的美的水准，比苏杭的女子要高好几倍；而装饰的入时，身体的康健，比到苏州的小型女子，又得高强数倍都不止。

"天生丽质难自弃"，表露欲，装饰欲，原是女性的特嗜；而福州女子所有的这一种显示本能，似乎比什么地方的人还要强一点。因而天晴气爽，或岁时伏腊，有迎神赛会的关头，南大街，仓前山一带，完全是美妇人披露的画廊。眼睛个个是灵敏深黑的，鼻梁个个是细长高突的，皮肤个个是柔嫩雪白的；此外还要加上以最摩登的衣饰，与来自巴黎纽约的化装品的香雾与红霞，你说这幅福州晴天午后的全景，美丽不美丽？迷人不迷人？

臭豆腐
周作人

近日百物昂贵，手捏三四百元出门，买不到什么小菜。四百元只够买一块酱豆腐，而豆腐一块也要百元以上，加上盐和香油生吃，既不经吃也不便宜，这时候只有买臭豆腐最是上算了。这只要百元一块，味道颇好，可以杀饭，却又不能多吃，大概半块便可下一顿饭，这不是很经济的么。

这一类的食品在我们的乡下出产很多，豆腐做的是霉豆腐，分红霉豆腐臭霉豆腐两种，（另）有霉千张，霉苋菜梗，霉菜头，这些乃是家里自制的。外边改称酱豆腐臭豆腐，这也没有什么关系，但本地别有一种臭豆腐，用油炸了吃的，所以在乡下人看来，这名称是有点缠夹的了。更有意思的是，乡下所制干菜，有白菜干油菜干倒督菜之分，外边则统称之为霉干菜，干菜本不霉而称之曰霉，豆腐事实上是霉过的而不称为霉，在乡下人听了是很有点儿别扭的。

豆腐据说是淮南遗制，历史甚长，够得上说是中国文明的特产，现代科学盛称大豆的营养价值，所以这是名实相符的国粹。他的制品又是种类很多，豆腐，油豆腐，豆腐干，豆腐皮，千张，豆腐渣，此外还有豆腐浆和豆面包，做起菜来各具风味，并不单调，如用豆腐店的出品做成十碗菜，一定是比沙锅居的全猪席要好得多的。中国人民所吃的小菜，一半是白菜萝卜，一半是豆腐制品，淮南的流泽实是孔长了。

还有一件事想起来也很好玩的，便是西洋人永不会得吃豆腐，我们想象用了豆腐干油豆腐去做大菜，能够做出什么东西来，巴黎的豆腐公司之失败，也就是一个证明了。

羊肝饼
周作人

有一件东西，是本国出产的，被运往外国经过四五百年之久，又运了回来，却换了别一个面貌了。这在一切东西都是如此，但在吃食有偏好关系的物事，尤其显著，如有名茶点的"羊羹"，便是最好的一例。

"羊羹"这名称不见经传，一直到近时北京仿制，才出现市面上。这并不是羊肉什么做的羹，乃是一种净素的食品，系用小豆做成细馅，加糖精制而成，凝结成块，切作长物，所以实事求是，理应叫作"豆沙糖"才是正办。但是这在日本（因为这原是日本仿制的食品）一直是这样写，他们也觉得费解，加以说明，最近理的一种说法是，这种豆沙糖在中国本来叫作羊肝饼，因为饼的颜色相像，传到日本，不知因何传讹，称为羊羹了。虽然在中国查不出羊肝饼的故典，未免缺恨，不过唐朝时代的点心有哪几种，至今也实难以查清，所以最好承认，算是合理的说明了。

传授中国学问技术去日本的人，是日本的留学僧人，他们于学术之外，还把些吃食东西传过去。羊肝饼便是这些和尚带回去的食品，在公历十五六世纪"茶道"发达时代，便开始作为茶点而流行起来。在日本文化上有一种特色，便是"简单"，在一样东西上精益求精的干下来，在吃食上也有此风，于是便有一家专做羊肝饼（羊羹）的店，正如做昆布（海带）的也有专门店一样。结果是"羊羹"大大的有名，有纯粹豆沙的，这是正宗，也有加栗子的，或用柿子做的，那是旁门，不足重了。现在说起日本茶食，总第一要提出"羊羹"，不知它的祖宗是在中国，不过一时无可查考罢了。

近时在中国市场上，又查着羊肝饼的子孙，仍旧叫做"羊羹"，可是已经面目全非，——因为它已加入西洋点心的队伍里去了。它脱去了"简单"的特别衣服，换上了时髦装束，做成"奶油"、"香草"，各种果品的种类。我希望它至少还保留一种，有小豆的清香的纯豆沙的羊羹，熬得久一点，可以经久不变，却不可复得了。倒是做冰棍（上海叫棒冰）的在各式花样之中，有一种小豆的，用豆沙做成，很有点羊肝饼的意思，觉得是颇可吃得，何不利用它去制成一种可口的吃食呢。

故乡的杨梅

鲁彦

过完了长期的蛰伏生活,眼看着新黄嫩绿的春天爬上了枯枝,正欣喜着想跑到大自然的怀中,发泄胸中的郁抑,却忽然病了。

唉,忽然病了。

我这粗壮的躯壳,不知道经过了多少炎夏和严冬,被轮船和火车抛掷过多少次海角与天涯,尝受过多少辛劳与艰苦,从来不知道颤栗或疲倦的呵,现在却呆木地躺在床上,不能随意的转侧了。

尤其是这躯壳内的这一颗心。它历年可是铁一样的。对着眼前的艰苦,它不会畏缩;对着未来的憧憬,它不肯绝望;对着过去的痛苦,它不愿回忆的呵,然而现在,它却尽管凄凉地往复的想了。

唉,唉,可悲呵,这病着的躯壳的病着的心。

尤其是对着这细雨连绵的春天。

这雨,落在西北,可不全像江南的故乡的雨吗?细细的,丝一样,若断若续的。

第四章 生活有味

故乡的雨，故乡的天，故乡的山河和田野……，还有那蔚蓝中衬着整齐的金黄的菜花的春天，藤黄的稻穗带着可爱的气息的夏天，蟋蟀和纺织娘们在濡湿的草中唱着诗的秋天，小船吱吱地触着沉默的薄冰的冬天……还有那熟识的道路，还有那亲密的故居……

不，不，我不想这些，我现在不能回去，而且是病着，我得让我的心平静；恢复我过去的铁一般的坚硬，告诉自己：这雨是落在西北，不是故乡的雨——而且不像春天的雨，却像夏天的雨。

不要那样想吧，我的可怜的心呵，我的头正像夏天的烈日下的汽油缸，将要炸裂了，我的嘴唇正干燥得将要迸出火花来了呢。让这夏天的雨来压下我头部的炎热，让……让……

唉，唉，就说是故乡的杨梅吧……它正是在类似这样的雨天成熟的呵。

故乡的食物，我没有比这更喜欢的了。倘若我爱故乡，不如就说我完全是爱的这叫做杨梅的果子吧。

呵，相思的杨梅！它有着多么惊异的形状，多么可爱的颜色，多么甜美的滋味呀。

它是圆的，和大的龙眼一样大小，远看并不稀奇，拿到手里，原来它是遍身生着刺的哩。这并非是它的壳，这就是它的肉。不知道的人，一定以为这满身生着刺的果子是不能进口的了，否则也须用什么刀子削去那刺的尖端的吧？然而这是过虑。它原来是希望人家爱它吃它的。只要等它渐渐长熟，它的刺也渐渐软了，平了。那

慢慢来，好戏都在烟火里

时放到嘴里，软滑之外还带着什么感觉呢？没有人能想得到，它还保存着它的特点，每一根刺平滑地在舌尖上触了过去，细腻柔软而且亲切——这好比最甜蜜的吻，使人迷醉呵。

颜色更可爱呢。它最先是淡红的，像娇嫩的婴儿的面颊，随后变成了深红，像是处女的害羞，最后黑红了——不，我们说它是黑的。然而它并不是黑，也不是黑红，原来是红的。太红了，所以像是黑。轻轻的啄开它，我们就看见了那新鲜红嫩的内部，同时我们已染上了一嘴的红水。说他新鲜红嫩，有的人也许以为一定像贵妃的肉色似的荔枝吧？嗳，那就错了。荔枝的光色是呆板的，像玻璃，像鱼目；杨梅的光色却是生动的，像映着朝霞的露水呢。

滋味吗？没有十分成熟是酸带甜，成熟了便单是甜。这甜味可决不使人讨厌，不但爱吃甜味的人尝了一下舍不得丢掉，就连不爱吃甜味的人也会完全给它吸引住，越吃越爱吃。它是甜的，然而又依然是酸的。而这酸味，我们须待吃饱了杨梅以后，再吃别的东西的时候，才能领会得到。那时我们才知道自己的牙齿酸了，软了，连豆腐也咬不下了，于是我们才恍然悟到刚才吃多了酸的杨梅。我们知道这个，然而我们仍然爱它，我们仍须吃一个大饱。它真是世上最迷人的东西。

唉，唉，故乡的杨梅呵。

细雨如丝的时节，人家把它一船一船的载来，一担一担的挑来，我们一篮一篮的买了进来，挂一篮在檐口下，放一篮在水缸盖上，倒上一脸盆，用冷水一洗，一颗一颗的放进嘴里，一面还没有吃了，一面又早已从脸盆里拿起了一颗，一口气吃了一二十颗，有时来不及把它的核一一吐出来，便一直吞进了肚里。

"生了虫呢……蛇吃过了呢……"母亲看见我们吃得快，吃得多，便这样的说了起来，要我们仔细的看一看，多多的洗一番。

但我们并不管这些，它成了我们的生命，我们越吃越快了。

"好吃，好吃。"我们心里这样想着，嘴里却没有余暇说话，待肚子胀上加胀，胀上加胀，眼看着一脸盆的杨梅吃得一颗也不留，这才呆笨地挺着肚子，走了开去，叹气似的嘘出一声"咳"来……

唉，可爱的故乡的杨梅呵。

一年，二年……我已有十六七年不曾尝到它的滋味了。偶而回到故乡，不是在严寒的冬天，便是在酷热的夏天，或者杨梅还未成熟，或者杨梅已经落完了。这中间，曾经有两次，在异地见到过杨梅，比故乡的小，比故乡的酸，颜色又不及故乡的红。我想回味过去，把它买了许多来。

"长在树上，有虫爬过，有蛇吃过呢……"

我现在成了大人，有了知识，爱惜自己的生命甚于杨梅了。我用沸滚的开水去细细的洗杨梅，觉得还不够消除那上面的微菌似的。

于是它不但更不像故乡的，简直不是杨梅了。我只尝了一二颗，便不再吃下去。

最后一次我终于在离故乡不远的地方见到了可爱的故乡的杨梅。

然而又因为我成了大人，有了知识，爱惜自己的生命甚于杨梅，偶然发现一条小虫，也就拒绝了回味的欢愉。

现在我的味觉也显然改变了，即使回到故乡，遇到细雨如丝的杨梅时节，即使并不害怕从前的那种吃法，我的舌头应该感觉不出从前的那种美味了，我的牙齿应该不能像从前似的能够容忍那酸性了。

唉，故乡离开我愈远了。

我们中间横着许多鸿沟。那不是千万里的山河的阻隔，那是……

唉，唉，我到底病了。我为什么要想到这些呢？

看呵，这眼前的如丝的细雨，不是若断若续的落在西北的春天里吗？

第五章
岁月无惊

已往的人生如何的美好，或如何的乏味而可憎；已往的我生如何的可珍惜，或如何的可厌弃，"现在"都可不必去管它，因为过去的已"过去"了。

街
沈从文

有个小小的城镇，有一条寂寞的长街。

那里住下许多人家，却没有一个成年的男子。因为那里出了一个土匪，所有男子便都被人带到一个很远很远的地方去，永远不再回来了。他们是五个十个用绳子编成一连，背后一个人用白木梃子敲打他们的腿，赶到别处去作军队上搬运军火的伕子的。他们为了"国家"应当忘了"妻子"。

大清早，各个人家从梦里醒转来了。各个人家开了门，各个人家的门里，皆飞出一群鸡，跑出一些小猪，随后男女小孩子出来站在门限上撒尿，或蹲到门前撒尿，随后便是一个妇人，提了小小的木桶，到街市尽头去提水。有狗的人家，狗皆跟着主人身前身后摇着尾巴，也时时刻刻照规矩在人家墙基上抬起一只腿撒尿，又赶忙追到主人前面去。这长街早上并不寂寞。

当白日照到这长街时，这一条街静静的像在午睡，什么地方

慢慢来，好戏都在烟火里

柳树桐树上有新蝉单纯而又倦人的声音，许多小小的屋里，湿而发霉的土地上，头发干枯脸儿瘦弱的孩子们，皆蹲在土地上或伏在母亲身边睡着了。做母亲的全按照一个地方的风气，当街坐下，织男子们束腰用的板带过日子。用小小的木制手织机，固定在房角一柱上，伸出憔悴的手来，敏捷地把手中犬骨线板压着手织机的一端，退着粗粗的棉线，一面用一个棕叶刷子为孩子们拂着蚊蚋。带子成了，便用剪子修理那些边沿，等候每五天来一次的行贩，照行贩所定的价钱，把已成的带子收去。

许多人家门对着门，白日里，日头的影子正正的照到街心不动时，街上半天还无一个人过身。每一个低低的屋檐下人家里的妇人，各低下头来赶着自己的工作，做倦了，抬起头来，用疲倦忧愁的眼睛，张望到对街的一个铺子，或见到一条悬挂到屋檐下的带样，换了新的一条，便仿佛奇异的神气，轻轻的叹着气，用犬骨板击打自己的下颔，因为她一定想起一些事情，记忆到由另一个大城里来的收货人的买卖了。她一定还想到另外一些事情。

有时这些妇人把工作停顿下来，遥遥的谈着一切。最小的孩子饿哭了，就拉开衣的前襟，抓出枯瘪的乳头，塞到那些小小的口里去。她们谈着手边的工作，谈着带子的价钱和棉纱的价钱，谈到麦子和盐，谈到鸡的发瘟、猪的发瘟。

街上也常常有穿了红绸子大裤过身的女人，脸上抹胭脂擦粉，小小的髻子，光光的头发，都说明这是一个新娘子。到这时，小孩

第五章 岁月无惊

子便大声喊着看新娘子,大家完全把工作放下,站到门前望着,望到看不见这新娘子的背影时才重重的换了一次呼吸,回到自己的工作凳子上去。

街上有时有一只狗追一只鸡,便可见到一个妇人持了一长长的竹子打狗的事情,使所有的孩子们都觉得好笑。长街在日里也仍然不寂寞。

街上有时什么人来信了,许多妇人皆争着跑出去,看看是什么人从什么地方寄来的。她们将听那些识字的人,念信内说到的一切。小孩子们同狗,也常常凑热闹,追随到那个人的家里去,那个人家便不同了。但信中有时却说到一个人死了的这类事,于是主人便哭了。于是一切不相干的人,围聚在门前,过一会,又即刻走散了。这妇人,伏在堂屋里哭泣,另外一些妇人便代为照料孩子,买豆腐,买酒,买纸钱,于是不久大家都知道那家男人已死掉了。

街上到黄昏时节,常常有妇人手中拿了小小的笸箩,放了一些米,一个蛋,低低地喊出了一个人的名字,慢慢的从街这端走到另一端去。这是为不让小孩子夜哭发热,使他在家中安静的一种方法,这方法,同时也就娱乐到一切坐到门边的小孩子。长街上这时节也不寂寞的。

黄昏里,街上各处飞着小小的蝙蝠。望到天上的云,同归巢还家的老鸹,背了小孩子们到门前站定了的女人们,一面摇动背上的孩子,一面总轻轻的唱着忧郁凄凉的歌,娱悦到心上的寂寞。

慢慢来，好戏都在烟火里

"爸爸晚上回来了，回来了，因为老鸹一到晚上也回来了！"

远处山上全紫了，土城擂鼓起更了，低低的屋里，有小小油灯的光，为画出屋中的一切轮廓，听到筷子的声音，听到碗盏磕碰的声音……但忽然间小孩子又哇的哭了。

爸爸没有回来。有些爸爸早已不在这世界上了，但并没有信来。有些临死时还忘不了家中的一切，便托便人带了信回来。得到信息哭了一整夜的妇人，到晚上便把纸钱放在门前焚烧。红红的火光照到街上下人家的屋檐，照到各个人家的大门。见到这火光的孩子们，也照例十分欢喜。长街这时节也并不寂寞。

阴雨天的夜里，天上漆黑，街头无一个街灯，狼在土城外山嘴上嗥着，用鼻子贴近地面，如一个人的哭泣，地面仿佛浮动在这奇怪的声音里。什么人家的孩子在梦里醒来，吓哭了，母亲便说："莫哭，狼来了，谁哭谁就被狼吃掉。"

卧在土城上高处木棚里老而残废的人，打着梆子。这里的人不须明白一个夜里有多少更次，且不必明白半夜里醒来是什么时候。那梆子声音，只是告给长街上人家，狼已爬进土城到长街，要他们小心一点门户。

一到阴雨的夜里，这长街更不寂寞，因为狼的争斗，使全街热闹了许多。冬天若夜里落了雪，则早早的起身的人，开了门，便可看到狼的足迹，同糍粑一样印在雪里。

旧
梁实秋

"我爱一切旧的东西——老朋友,旧时代,旧习惯,古书,陈酿;而且我相信,陶乐赛,你一定也承认我一向是很喜欢一位老妻。"这是高尔斯密的名剧《委曲求全》(She Stoops to Conquer)中那位守旧的老头儿哈德卡索先生说的话。他的夫人陶乐赛听了这句话,心里有一点高兴,这风流的老头子还是喜欢她,但是也不是没有一点愠意,因为这一句话的后半段说穿了她的老。这句话的前半段没有毛病,他个人有此癖好,干别人什么事?而且事实上有很多人颇具同感,也觉一切东西都是旧的好,除了朋友、时代、习惯、书、酒之外,有数不尽的事物都是越老越古越旧越陈越好。所以有人把这半句名言用花体正楷字母抄了下来,装在玻璃框里,挂在墙上,那意思好像是在向喜欢除旧布新的人挑战。

俗语说:"人不如故,衣不如新。"其实,衣着这类还是旧的舒适。新装上身之后,东也不敢坐,西也不敢靠,战战兢兢。我

慢慢来，好戏都在烟火里

看见过有人全神贯注在他的新西装裤管上的那一条直线，坐下之后第一桩事便是用手在膝盖处提动几下，生恐膝部把他的笔直的裤管撑得变成了口袋。人生至此，还有什么趣味可说！看见过爱因斯坦的小照么？他总是披着那一件敞着领口胸怀的松松大大的破夹克，上面少不了烟灰烧出的小洞，更不会没有一片片的汗斑油渍，但是他在这件破旧衣裳遮盖之下优哉游哉的神游于太虚之表。《世说新语》记载着："桓车骑不好着新衣，浴后妇故送新衣与，车骑大怒，催使持去，妇更持还，传语云，'衣不经新，何由而故？'桓公大笑着之。"桓冲真是好说话，他应该说："有旧衣可着，何用新为？"也许他是为了保持阃内安宁，所以才一笑置之。"杀头而便冠"的事情我还没有见过；但是"削足而适履"的行为，则颇多类似的例证。一般人穿的鞋，其制作设计很少有顾到一只脚是有五个趾头的，穿这样的鞋虽然无需"削"足，但是我敢说五个脚趾绝对缺乏生存空间。有人硬是觉得，新鞋不好穿，敝屣不可弃。

"新屋落成"金圣叹列为"不亦快哉"之一，快哉尽管快哉，随后那"树小墙新"的一段暴发气象却是令人难堪。"欲存老盖千年意，为觅霜根数寸栽"，但是需要等待多久！一栋建筑要等到相当破旧，才能有"树林阴翳，鸟声上下"之趣，才能有"苔痕上阶绿，草色入帘青"之乐。西洋的庭园，不时的要剪草，要修树，要打扮得新鲜耀眼，我们的园艺的标准显然的有些不同，即使是帝王之家的园囿也要在亭阁楼台画栋雕梁之外安排一个"濠濮间""谐趣园",表示一点点陈旧古老的萧瑟之气。至于讲学的上庠,要是墙上没有多年蔓生的常春藤,基脚上没有远年积留的苔藓,那还能算是第一流么?

旧的事物之所以可爱,往往是因为它有内容,能唤起人的回忆。例如,阳历尽管是我们正式采用的历法,在民间则阴历仍不能废,每年要过两个新年,而且只有在旧年才肯"新桃换旧符"。明知地处亚热带,仍然未能免俗要烟熏火燎地制造常常带有尸味的腊肉。端午节的龙舟粽子是不可少的,有几个人想到那"露才扬己怨怼沉江"的屈大夫?还不是旧俗相因虚应故事?中秋赏月,重九登高,永远一年一度地引起人们的不可磨灭的兴味。甚至腊八的那一锅粥,都有人难以忘怀。至于供个人赏玩的东西,当然是越旧越有意义。一把宜兴砂壶,上面有陈曼生制铭镌句,纵然破旧,气味自然高雅。"樗蒲锦背元人画,金粟笺装宋版书",更是足以使人超然远举,与古人游。我有古钱一枚,"临安府行用,准参百文省",把玩之余不能不联想到南渡诸公之观赏西湖歌舞。我有胡桃一对,祖父常常放在手里揉动,嘎咯嘎咯的作响,后来又在我父亲手里揉动,也嘎咯嘎咯的响了几十年,圆滑红润,有如玉髓,真是先人手泽,现在轮到我手里嘎咯嘎咯的响了,好几次险些儿被我的儿孙辈敲碎取出桃仁来吃!每一个破落户都可以拿出几件旧东西来,这是不足为奇的事。国家亦然。多少衰败的古国都有不少的古物,可以令人惊羡、欣赏、感慨、唏嘘!

慢慢来，好戏都在烟火里

旧的东西之可留恋的地方固然很多，人生之应该日新又新的地方亦复不少。对于旧日的典章文物我们尽管欢喜赞叹，可是我们不能永远盘桓在美好的记忆境界里，我们还是要回到这个现实的地面上来。在博物馆里我们面对商周的吉金，宋元明的书画瓷器，可是溜酸双腿走出门外便立刻要面对挤死人的公共汽车，丑恶的市招和各种饮料一律通用的玻璃杯！

旧的东西大抵可爱，惟旧病不可复发。诸如夜郎自大的脾气，奴隶制度的残余，懒惰自私的恶习，蝇营狗苟的丑态，畸形病态的审美观念，以及罄竹难书的诸般病症，皆以早去为宜。旧病才去，可能新病又来，然而总比旧疴新恙一时并发要好一些。最可怕的是，倡言守旧，其实只是迷恋骸骨；唯新是骛，其实只是摭拾皮毛，那便是新旧之间两俱失之了。

送行
梁实秋

"黯然销魂者,惟别而已矣。"遥想古人送别,也是一种雅人深致,古时交通不便,一去不知多久,再见不知何年,所以南浦唱支骊歌,灞桥折条杨柳,甚至在阳关敬一杯酒,都有意味。李白的船刚要起碇,汪伦老远的在岸上踏歌而来,那幅情景真是历历如在目前,其妙处在于纯朴真挚,出之以潇洒自然,平夙莫逆于心,临别难分难舍,如果平常看着你面目可憎,你觉我言语无味,一旦远离,那是最好不过,只恨世界太小,惟恐将来又要碰头;何必送行!

在现代人的生活里,送行是和拜寿送殡等等一样的成为应酬的礼节之一。"揪着公鸡尾巴"起个大早,迷迷糊糊地赶到车站码头,挤在乱哄哄的人群里面,找到你的对象,扯几句淡话,好容易耗到汽笛一叫,然后鸟兽散,吐一口轻松气,噘着大嘴回家,这叫做周到。在被送的那一方,觉得热闹,人缘好,没白混,而且体

慢慢来，好戏都在烟火里

面，有这么多人舍不得我走，斜眼看着旁边的没人送的旅客，相形之下，尤其容易起一种优越之感，不禁精神抖擞，恨不得对每个送行的人要握八次手，道十回谢。死人出殡，都讲究要多少亲人执绋，表示恋恋不舍，何况活人！行色不可不壮。

悄然而行似是不大舒服，如果别的旅客在你身旁耀武扬威地与送行的话别，那会增加旅途中的寂寞。这种情形，中外皆然。Max Beerbohm写过一篇《谈送行》，他说他在车站上遇见一位以演剧为业的老朋友在送一位女客，始而喁喁情话，俄而泪湿双颊，终乃汽笛一声，勉强抑止哽咽，向女郎频频挥手，目送良久而别。原来这位演员是在作戏，他并不认识那位女郎，他是属于"送行会"的一位职员，凡是旅客孤身在外而愿有人到站相送的。都可以到"送行会"去雇人来送。这位演员出身的人当然是送行的高手，他能放进感情，表演逼真，客人纳费无多，在精神上受惠不浅。尤其是美国旅客，用金钱在国外可以购买一切礼节，如果"送行会"真的普遍设立起来，送行的人也不虞缺乏了。

送行既是人生中所不可少的一桩事，送行的技术也便不可不注意到。如果送行只限于到车站码头报到，握手而别，那么问题就简单，但是我们中国的一切礼节都把"吃"列为最重要的一个项目。一个朋友远别，生怕他饿着走，饯行是不可少的，恨不得把若干天的营养都一次囤积在他肚里。我想任何人都有这种经验。如有远行而消息外露（多半还是自己宣扬），他有理由期望着饯行的帖子纷

| 第五章 | 岁月无惊

至沓来,短期间家里可以不必开伙。还有些思虑更周到的人,把食物携在手上,亲自送到车上船上,好像是你在半路上会要挨饿的样子。

  我永远不能忘记最悲惨的一幕送行,一个严寒的冬夜,车站上并不热闹,客人和送客的人大都在车厢里取暖,但是在长得没有止境的月台上却有黑查查的一堆送行的人,有的围着斗篷,有的戴着风帽,有的脚尖在洋灰地上敲鼓似的乱动。我走近一看全是熟人,都是来送一位太太的。车快开了,不见她踪影,原来在这一晚她还有几处饯行的宴会。在最后的一分钟,她来了。送行的人们觉得是在接一个人,不是在送一个人,一见她来到大家都表示喜欢,所有惜别之意都来不及表现了。她手上抱着一个孩子,吓得直哭,另一只手扯着一个孩子,连跑带拖。她的头发蓬松着,嘴里喷着热气,像是冬天载重的骡子。她顾不得和送行的人周旋,三步两步地就跳上了车,这时候门已在蠕动。送行的人大部分手里都提着一点东西,无法交付,可巧我站在离车门最近的地方,大家把礼物都交给了我,"请您偏劳给送上去吧!"我好像是一个圣诞老人,抱着一大堆礼物,我一个箭步窜上了车。我来不及致辞,把东西往她身上一扔,回头就走。从车上跳下来的时候,打了几个转才立定脚跟。事后我接到她一封信,她说:

  "那些送行的都是谁?你丢给我那些东西,到底是谁送的?我在车上整理了好半天,才把那些东西聚拢起来打成一个大包袱。朋友们的盛情算是给我添了一件行李,我愿意知道哪一件东西是哪一位送的,你既是代表送上车的,你当然知道,盼速见告。

计开:水果三筐,泰康罐头四个,果露两瓶,蜜饯四盒,饼干四罐,豆腐乳四盒,蛋糕四盒,西点八盒,纸烟八听,信纸信封一匣,丝袜两双,香水一瓶,烟灰碟一套,小钟一具,衣料两块,酱菜四篓,绣花拖鞋一双,大面包四个,咖啡一听,小宝剑两把……"

这问题我无法答复,至今是个悬案。

我不愿送人,亦不愿人送我。对于自己真正舍不得离开的人,离别的那一刹那像是开刀,凡是开刀的场合照例是应该先用麻醉剂,使病人在迷蒙中度过那场痛苦,所以离别的苦痛最好避免。一个朋友说:"你走,我不送你。你来,无论多大风多大雨,我要去接你。"我最赏识那种心情。

刹那
朱自清

我所谓"刹那",指"极短的现在"而言。

在这个题目下面,我想略略说明我对于人生的态度。现在人说到人生,总要谈它的意义和价值;我觉得这种"谈"是没有意义与价值的。且看古今多少哲人,他们对于人生,都曾试作解人,议论纷纷,莫衷一是;他们"各思以其道易天下",但是谁肯真个信从呢?——他们只有自慰自驱吧了!我觉得人生的意义与价值横竖是寻不着的;——至少现在的我们是如此——而求生的意志却是人人都有的。既然求生,当然要求好好的生。如何求好好的生,是我们各人"眼前的"最大的问题;而全人生的意义与价值却反是大而无当的东西,尽可搁在一旁,存而不论。因为要求好好的生,断不能用总解决的办法;若用总解决的办法,便是"好好的"三个字的意义,也尽够你一生的研究了,而"好好的生"终于不能努力去求的!这不是走入了牛角湾里去了么?要求好好的生,须零碎解决,

慢慢来，好戏都在烟火里

须随时随地去体会我生"相当的"意义与价值；我们所要体会的是刹那间的人生，不是上下古今东西南北的全人生！

着眼于全人生的人，往往忘记了他自己现在的生活。他们或以为人生的意义与价值在于过去；时时回顾从前的黄金时代，涎垂三尺！而不知他们所回顾的黄金时代，实是传说的黄金时代！——就是真有黄金时代；区区的回顾又岂能将它招回来呢？他们又因为念旧的情怀，往往将自己的过去任情扩大，加以点染，作为回顾的资料、惆怅的因由。这种人将在惆怅、惋惜之中度了一生，永没有满足的现在——一刹那也没有！惆怅惋惜常与彷徨相伴；他们将彷徨一生而无一刹那的成功的安息！这是何等的空虚呀。着眼于全人生的，或以为人生的意义与价值在于将来；时时等待将来的奇迹。而将来的奇迹真成了奇迹，永不降临于笼着手、垫着脚、伸着颈，只知道"等待"的人！他们事事都等待"明天"去做，"今天"却专为作为等待之用；自然地，到了明天，又须等待明天的明天了。这种人到了死的一日，将还留着许许多多明天"要"做的事——只好来生再做了吧！他们以将来自驱，在徒然的盼望里送了一生，成功的安慰不用说是没有的，于是也没有满足的一刹那！"虚空的虚空"便是他们的运命了！这两种人的毛病，都在远离了现在——尤其是眼前的一刹那。

着眼于现在的人未尝没有。自古所谓"及时行乐"，正是此种。但重在行乐，容易流于纵欲；结果偏向一端，仍不能得着健全的、谐和的发展——仍不能得着好好地生！况且所谓"及时行乐",往往"醉翁之意不在酒";不过借此掩盖悲哀,并非真正在行乐。杨恽说:"及时行乐耳;须富贵何时!"明明是不得志时的牢骚语。"遇饮酒时须饮酒,得高歌处且高歌",明明是哀时事不可为而厌世的话。这都是消极的！消极的行乐,虽属及时,而意别有所寄；所以便不能认真做去,所以便不能体会行乐的一刹那的意义与价值——虽然行乐,不满足还是依然,甚至变本加厉呢！欧洲的颓废派,自荒于酒色,以求得刹那间官能的享乐为满足；在这些时候,他们见着美丽的幻想,认识了自己。他们的官能虽较从前人敏锐多多,但心情与纵欲的及时行乐的人正是大同小异。他们觉到现世的苦痛,已至忍无可忍的时候,才用颓废的办法,以求暂时的遗忘；正如糖面金鸡纳霜丸一般,面子上一点甜,里面却到心都是苦呀！友人某君说,颓废便是慢性的自杀,实能道出这一派的精微处。

总之,无论行乐派、颓废派,深浅虽有不同,却都是"伤心人别有怀抱";他们有意或无意地企图"生之毁灭"。这是求生意志的消极的表现；这种表现当然不能算是好好的生了。他们面前的满足安慰他们的力量,决不抵他们背后的不满足压迫他们的力量；他们终不能解脱自己,仅足使自己沉沦得更深而已！他们所认识的自己,只是被苦痛压得变形了的、虚空的自己；决不是充实的生命,决不是的！所以他们虽着眼于现在,而实未体会现在一刹那的生活的真味；他们不曾体会着一刹那的意义与价值，仍只是白辜负他们的刹那的现在！

我们目下第一不可离开现在，第二还应执着现在。我们应该深入现在的里面，用两只手揪牢它，愈牢愈好！已往的人生如何的美好，或如何的乏味而可憎；已往的我生如何的可珍惜，或如何的可厌弃，"现在"都可不必去管它，因为过去的已"过去"了——孔子岂不说"往者不可谏"么？将来的人生与我生，也应作如是观；无论是有望，是无望，是绝望，都还是未来的事，何必空空的操心呢？要晓得"现在"是最容易明白的；"现在"虽不是最好，却是最可努力的地方，就是我们最能管的地方。因为是最能管的，所以是最可爱的。

古尔孟曾以葡萄喻人生：说早晨还酸，傍晚又太熟了，最可口的是正午时摘下的。这正午的一刹那，是最可爱的一刹那，便是现在。事情已过，追想是无用的；事情未来，预想也是无用的；只有在事情正来的时候，我们可以把捉它，发展它，改正它，补充它：使它健全、谐和，成为完满的一段落、一历程。历程的满足，给我们相当的欢喜。譬如我来此演讲，在讲的一刹那，我只专心致志地讲；决不想及演讲以前吃饭、看书等事，也不想及演讲以后发表讲稿、毁誉等事。——我说我所爱说的，说一句是一句，都是我心里的话。我说完一句时，心里便轻松了一些，这就是相当的快乐了。这种历程的满足，便是我所谓"我生相当的意义与价值"，便是"我们所能体会的刹那间的人生"。无论您对于全人生有如何的见解,这刹那间的意义与价值总是不可埋没的。您若说人生如电光泡影,则刹那便是光的一闪、影的一现。这光影虽是暂时的存在,但是有不是无,是实在不是空虚;这一闪一现便是实现,也便是发展——也便是历程的满足。您若说人生是不朽的,刹那的生当然也是不朽。您若说人生向着死亡之路,那么,未死前的一刹那总是生,总值得好好地体会一番的;何况未死前还有无量数的刹那呢?您若说人生是无限的,好,刹那也可说是无限的,无论怎样说,刹那总是有的,总是真的;刹那间好好的生总可以体会的。好了,不要再思前想后的了,耽误了"现在",又是后来惋惜的资料,向谁去追索呀?你们"正在"做什么,就尽力做什么吧;最好的是-ing,可宝贵的-ing呀!你们要努力满足"此时此地此我"!——这叫做"三此",又叫做刹那。

言尽于此,相信我的,不要再想,赶快去做你今晚的事吧;不相信的,也不要再想,赶快去做你今晚的事吧!

市声拾趣
张恨水

我也走过不少的南北码头,所听到的小贩吆唤声,没有任何一地能赛过北平的。北平小贩的吆唤声,复杂而谐和,无论其是昼是夜,是寒是暑,都能给予听者一种深刻的印象。虽然这里面有部分是极简单的,如"羊头肉""肥卤鸡"之类。可是他们能在声调上,助字句之不足。至于字句多的,那一份优美,就举不胜举,有的简直是一首歌谣,例如夏天卖冰酪的,他在胡同的绿槐阴下,歇着红木漆的担子,手扶了扁担,吆唤着道:"冰琪林,雪花酪,桂花糖,搁的多,又甜又凉又解渴。"这就让人听着感到趣味了。又像秋冬卖大花生的,他喊着:"落花生,香来个脆啦,芝麻酱的味儿啦。"这就含有一种幽默感了。

也许是我们有点主观,我们在北平住久了的人,总觉得北平小贩的吆唤声,很能和环境适合,情调非常之美。如现在是冬天,我们就说冬季了,当早上的时候,黄黄的太阳,穿过院树落叶的枯条，晒在人家的粉墙上，胡同的犄角儿上，兀自堆着大大小小的残雪。这里很少行人，两三个小学生背着书包上学，于是有辆平头车子，推着一个木火桶，上面烤了大大小小二三十个白薯，歇在胡同中间。小贩穿了件老羊毛背心儿，腰上来了条板带，两手插在背心里，喷着两条如云的白气，站在车把里叫道："噢……热啦……烤白薯啦……又甜又粉，栗子味。"当你早上在大门外一站，感到又冷又饿的时候，你就会因这种引诱，要买他几大枚白薯吃。

在北平住家稍久的人，都有这么一种感觉，卖硬面饽饽的人极为可怜，因为他总是在深夜里出来的。当那万籁俱寂、漫天风雪的时候，屋子外的寒气，像尖刀那般割人。这位小贩，却在胡同遥远的深处，发出那漫长的声音："硬面……饽饽哟……"我们在暖温的屋子里，听了这声音，觉得既凄凉，又惨厉，像深夜钟声那样动人，你不能不对穷苦者给予一个充分的同情。

其实，市声的大部分，都是给人一种喜悦的，不然，它也就不能吸引人了。例如：炎夏日子，卖甜瓜的，他这样一串的吆唤着："哦！吃啦甜来一个脆，又香又凉冰淇淋的味儿。吃啦，嫩藕似的苹果青脆甜瓜啦！"在碧槐高处一蝉吟的当儿，这吆唤是够刺激人的。因此，市声刺激，北平人是有着趣味的存在，小孩子就喜欢学，甚至借此凑出许多趣话。例如卖馄饨的，他吆喝着第一句是"馄饨开锅"。声音宏亮，极像大花脸喝倒板，于是他们就用纯土

> 慢慢来，好戏都在烟火里

音编了一篇戏词来唱："馄饨开锅……自己称面自己和，自己剁馅自己包，虾米香菜又白饶。吆唤了半天，一个子儿没卖着，没留神啰去了我两把勺。"因此，也可以想到北平人对于小贩吆唤声的趣味之浓了。

光阴
陆蠡

我曾经想过，如若人们开始爱惜光阴，那末他的生命的积储是有一部分耗蚀的了。年青人往往不知珍惜光阴。犹如拥资巨万的富家子，他可以任意挥霍他的钱财，等到黄金垂尽便吝啬起来，而懊悔从前的浪费了。

我平素不大喜爱表和钟这一类东西。它金属的利齿窣窣窣窣地将光阴啮食，而金属的手表的的答答地将时间一分一秒地数给我。当我还有丰余的生命留在后面，在时光的账页上我还有可观的储存，我会像一个守财奴，斤斤计较寸金和寸阴的市价么？偶然我抬头望到壁上的日历，那种红字和黑字相间的纸页把光阴划分成今天和明天。谁说动物中人是最聪明的？他们把连续的时间分成均匀的章节，费许多精神去较量它们的短长。最初他们用粗拙的工具刻划在树皮上代表昼夜，现在的人们则将日子印在没有重量的纸条上，每逢揭下一张来，便不禁想"啊！又过了一天！"

慢慢来,好戏都在烟火里

怎样我会起了这些古怪的念头呢?是最近的一个秋日的傍晚,我在近郊散步,我迎着苍黄的落日走过去,复背着它的光辉走回来,足踩着自己的影子。"我是牵着我的思想在散步,"我对自己说。"我是蹑踪着我的影子,看我赶不赶得过它?"我一面走一面自语。"我在看我自己影子的生长,看它愈长愈快,愈快愈长,"我独语。总之,我是在散步罢了。我携着我的思想一同散步。它是羞怯得畏见阳光,老躲在我的影子里。使得我和它谈话,不得不偏过头去,伛偻着身子,正如一个高大的男子低头和身边的女子说话,是那么轻声地,絮絮地。

我们走着走着,不知从哪里来的一枚树叶,飘坠在我们的脚前。那样轻,怕跌碎的样子。要不是四周是那么静寂,我准不会注意。但我注意到了,我捡了起来我试想分辨它是什么树叶?梧桐的,枫槭的,还是樗栎的?但我恍若看到这不是一张树叶,分明是一张日历,一张被不可见的手扯下来的日历。这上面写着的是一个无形的字:"秋。"

"秋",我微喟一声。

"秋,秋",我的思想躲在我的影子里和答我。

我感到有点迟暮了。好像这个字代表一段逝去的光阴。

"逝去的光阴",我的思想如刁钻的精灵,摸着了我的心思。

"光……阴,"这两个平声的没有低昂的字眼,在我的耳边震响。

第五章 岁月无惊

光阴要逝去么？却藉落叶通知我。我岂不曾拥有过大量的光阴，这年青人唯一的财产，一如富贾之子拥有巨资。我曾是光阴富有者。同时我也想起了两个惜阴的人。

正是这样秋暖的日子，在很早很早以前。家门前的禾场上排列着一行行的谷箪，在阳光下曝晒着田里新收割来的谷粒。芙蓉花盛开着。我坐在它的荫下，坐在一只竹箩里面，——我的身子还装不满一竹箩——我玩着谷堆里捉来的蚱蜢螳螂和甲虫，我玩着玩着，无意识地玩去我的光阴。祖父是爱惜光阴的。他匆匆出去，匆匆回来，复匆匆出去，不肯有一刻休息。但是他珍惜也没有用，他仅有不多的光阴。等到他在一个悄然的夜晚，撇下我们而去时，我还不懂他为什么要离开我们，原来他把光阴用尽了。

还是在不多年以前，父亲写信给我说："你现在长大了，应该知道光阴的可贵。听说你在学校里专爱玩，功课也不用功……"父亲也珍惜起光阴来了。大概他开始忧光阴之穷匮，遂于无意之中把忧心吐露给我。在当时我是不能领会的。我仍是嫌光阴过得太慢。"今天是星期一呢！"便要发愁。"什么时候是圣诞节呢？"虽则我并不喜欢这异邦的节日。"怎样还不放假呢？"我在打算怎样过那些佳美的日子。光阴是推移得太慢了，像跛脚的鸭子。于是我用欢笑去噪逐它，把它赶得快些。正如执箠的孩子驱着鸭群，唿哨起快活的声音促紧不善于行的水禽的脚步，我曾用欢笑驱赶我的光阴。

慢慢来，好戏都在烟火里

"你曾用欢笑驱赶你的光阴。"我的思想像"回声"的化身，复述我的话。

但是很久不那么做了。竟有一次我坐在房里整半天不出去。我伏在案前，目视着阳光从桌面的一端移到另一端。我用一根尺，一只表，来计算阳光的足在我的桌面移动的速度，我观察了计算了好久。蓦然有一种感触浮起在我的胸际，我为什么干这玩意儿呢？我看见了多少次阳光从我的桌面爬过？我有多少次看见阳光从我的窗口探入，复悄悄地退出。我惯用双手交握成各种样式，遮断它的光线，把影子投在粉壁上，做出种种动物的形状，如一头羊，一只螃蟹，一只兔；或则喝一口水，朝阳光喷去，令微细的水滴把光线散成彩虹的颜色。何时使我的心变成沉重，像吝啬的老人计数他的金钱，我也在计算光阴的速度呢？我曾讥笑惜阴人之不智，终也让别人来讥笑自身么？

"你也在计算光阴的速度了。"我的思想像喜灾乐祸似的，揶揄我。

真的，我在计算光阴的速度了。我想到光阴速度的相对性，得到这样的结论：感觉上的光阴的速度是年龄的函数。我试在一张白纸上列出如下的方程式："光阴的速度等于年龄的正切的微分。"当年龄从零岁开始，进入无知的童年，感觉上的光阴速度是极微渺的。等到年龄的角度随岁月转过了半个象限（我暂将不满百的人生比作一个象限，半个象限是四十五岁了），正切线的变化便非常迅速。光阴流逝的感觉便有似白驹，似飞矢，瞬息千里了。我想了又想，渐渐陷入了一个不能自拔的思索的阱里。想到我自己在人生的象限上转过了几度呢？犹如作茧自缚，我自己衍出方程式而复把自己嵌在这式子里面，我悲哀了。

"你自己衍出方程式而复把自己嵌在里面。"思想嘤然回答，已无尖酸的口吻。

但是我无法改正这方程式，这差不多是正确的。在我的知识范围内不能发现它的错误。啊，悲哀的来源，我想把这公式从我的脑筋中擦去，已是不可能。正如我刚才捡起来的树叶，无法把它装回原来的枝上。我重新谛视这片叶，上面仍依稀显现着无形的字："秋。"

另一天，从另一枝柯上，会有不可见的手扯下另一片树叶——是一张日历——那上面写的应该是另一个字，"冬！"

"冬"，我的思想似乎失去了回答的气力。

"秋，……冬，"又是两个没有低昂的平声的字眼，像一滴凉水滴进我的心胸，使我有点寒意。我不能再散步了，我携着我的思想走回家，正如那西洋妇人携着她的狗，施施归去。此后我就想起：如若人们开始爱惜光阴，那末他的生命的积储是有一部分耗蚀的了。

天真与经验
梁遇春

　　天真和经验好像是水火不相容的东西。我们常以为只有什么经验也没有的小孩子才会天真，他那位饱历沧桑的爸爸是得到经验，而失掉天真了。可是，天真和经验实在并没有这样子不共戴天，它们俩倒很常是聚首一堂。英国最伟大的神秘诗人勃来克著有两部诗集：《天真的歌》（Songs of Innocence）同《经验的歌》（Songs of Experience）。在天真的歌里，他无忧无虑地信口唱出晶莹甜蜜的诗句，他简直是天真的化身，好像不晓得世上是有龌龊的事情的。然而在经验的歌里，他把人情的深处用简单的辞句表现出来，真是找不出一个比他更有世故的人了，他将伦敦城里扫烟囱小孩子的穷苦，娼妓的厄运说得辛酸凄迷，可说是看尽人间世的烦恼。可是他始终仍然是那么天真，他还是常常亲眼看见天使；当他的工作没有做得满意时候，他就同他的妻子双双跪下，向上帝祈祷。他快死的前几天，那时他结婚已经有四十五年了，一天他

| 第五章 | 岁月无惊

看着他的妻子，忽然拿起铅笔叫道："别动！在我眼里你一向是一个天使，我要把你画下。"他就立刻画出她的相貌。这是多么天真的举动。尖酸刻毒的斯惠夫特写信给他那两位知心的女人时候，的确是十足的孩子气，谁去念 The Journal to Stella（《给斯特拉的日记》，编者注）这部书信集，也不会想到写这信的人就是 Gulliver's Travels（《格列佛游记》，编者注）的作者。斯蒂芬生在他的小品文集《贻青年少女》（Virginibus Puerisque）中，说了许多世故老人的话，尤其是对于婚姻，讲有好些叫年青的爱人们听着会灰心的冷话。但是他却没有失丢了他的童心，他能够用小孩子的心情去叙述海盗的故事，他又能借小孩子的口气，著出一部《小孩的诗园》（A Child's Garden of Verses），里面充满着天真的空气，是一本儿童文学的杰作。可见确然吃了知识的果，还是可以在乐园里逍遥到老。我们大家并不是个个人都像亚当先生那么不幸。

也许有人会说，这班诗人们的天真是装出来的，最少总有点做作的痕迹，不能像小孩子的天真那么浑脱自然，毫无机心。但是，我觉得小孩子的天真是靠不住的，好像个很脆的东西，经不起现实的接触。并且当他们才发现出人情的险诈同世路的崎岖时候，他们会非常震惊，因此神经过敏地以为世上除开计较得失利害外是没有别的东西的，柔嫩的心或者就这么麻木下去，变成个所谓值得父兄赞美的少年老成人了。他们从前的天真是出于无知，值不得什

慢慢来，好戏都在烟火里

么赞美的，更值不得我们欣羡。桌子是个一无所如的东西，它既不晓得骗人，更不会去骗人，为什么我们不去颂扬桌子的天真呢？小孩子的天真跟桌子的天真并没有多大的分别。至于那班已坠世网的人们的天真就大不同了。他们阅历尽人世间的纷扰，经过了许多得失哀乐，因为看穿了鸡虫得失的无谓，又知道在太阳底下是难逢笑口的，所以肯将一切利害的观念丢开，来任口说去，任性做去，任情去欣赏自然界的快乐。他们以为这样子痛快地活着才是值得的。他们把机心看做是无谓的虚耗，自然而然会走到忘机的境界了。他们的天真可说是被经验锻炼过了，仿佛像在八卦炉里蹲过，做成了火眼金睛的孙悟空。人世的波涛再也不能将他们的天真卷去，他们真是"世路如今已惯，此心到处悠然"，这种悠然的心境既然成为习惯，习惯又成天然，所以他们的天真也是浑脱一气，没有刀笔的痕迹的。这个建在理智上面的天真绝非无知的天真所可比拟的，从无知的天真走到这个超然物外的天真，这就全靠着个人的生活艺术了。

忽然记起我自己去年的生活了，那时我同G常作长夜之谈。有一晚电灯灭后，蜡烛上时，我们搓着睡眼，重新燃起一斗烟来，就谈着年青人所最爱谈的题目——理想的女人。我们不约而同地说道最可爱的女子是像卖解，女优，歌女等这班风尘人物里面的痴心人。她们流落半生，看透了一切世态，学会了万般敷衍的办法，跟人们好似是绝不会有情的，可是若使她们真真爱上了一个情人，她

第五章 岁月无惊

们的爱情比一般的女子是强万万倍的。她们不像没有跟男子接触过的女子那样盲目，口是心非的甜言蜜语骗不了她们，暗地皱眉的热烈接吻瞒不过她们的慧眼，她们一定要得到了个一往情深的爱人，才肯来永不移情地心心相托。她们对于爱人所以会这么苛求，全因为她们自己是恳挚万分。至于那班没有经验的女子，她们常常只听到几句无聊的卿卿我我，就以为是了不得了，她们的爱情轻易地结下，将来也就轻易地勾销，这那里可以算做生生死死的深情。不出闺门的女子只有无知，很难有颠扑不破的天真，同由世故的熔炉里铸炼出来的热情。数十年来我们把女子关在深闺里，不给她们一个得到经验的机会，既然没有经验来锻炼，她们当然不容易有个强毅的性格，我们又来怪她们的杨花水性，说了许多混话，这真是太冤枉了。我们把无知误解做天真，不晓得从经验里突围而出的天真才是可贵的，因此上造了这九洲大错，这又要怪谁呢？

　　没有尝过穷苦的人们是不懂得安逸的好处的，没有感到人生的寂寞的人们是不能了解爱的价值的，同样地未曾有过经验的孺子是不知道天真之可贵的。小孩子一味天真，糊糊涂涂地过日，对于天真并未曾加以认识，所以不能做出天真的诗歌来，笨大的爸爸们尝遍了各种滋味，然后再洗涤俗虑，用锻炼过后的赤子之心来写诗歌，却做出最可喜的儿童文学，在这点上就可以看出人世的经验对于我们是最有益的东西了。老年人所以会和蔼可亲也是因为他们受过了经验的洗礼。必定要对于人世上万物万事全看淡了，然后对于

慢慢来，好戏都在烟火里

一二件东西的留恋才会倍见真挚动人。宋诗里常有这种意境，欧阳永叔（即欧阳修，永叔是他的字，编者注）的"棋罢不知人换世，酒阑无奈客思家"同苏长公（即苏轼，编者注）的"存亡惯见浑无泪，乡井难忘尚有心"全能够表现出这种依依的心情。虽然把人世存亡全置之度外，漠然不动于衷。但是对于客子的思家同自己的多愁仍然是有些牵情。这种惆怅的情怀是多么清新可喜，我们读起来觉得比处处留情的才子们的滥情是高明得多，这全因为他们的情绪受过了一次蒸馏。从经验里出来的天真会那么带着诗情也是为着同样的缘故。

蔼里斯在他的杰作《性的心理的研究》第六卷里说道："就说我们承认看着裸体会激动了热情，这个激动还是好的，因为它引起我们的一种良好习惯，自制。为着恐怕有些东西对于我们会有引诱的能力，就赶紧跑到沙漠去住，这也可说是一种可怜的道德了。我们应当知道在文化当中故意去创造出一个沙漠来包围自己，这种举动是比别的要更坏得多了。我们无法去丢热情，即使我们有这个决心；何尔巴哈说得好，理智是教人这样拣择正当的热情，教育是教人们怎样把正当的热情种植培养在人心里面。观看裸体有一个精神上的价值，那可以教我们学会去欣赏我们没有占有着的东西，这个教训是一切良好的社会生活的重要预备训练：小孩子应当学到看见花，而不想去采它；男人应当学到看见着一个女人的美，而不想占有她。"我们所说的天真常是躲在沙漠里，远隔人世的引诱这类的天真。经验陶冶后的天真是见花不采,看到美丽的女人,不动枕席之念的天真。

人世是这么百怪千奇,人命是这样他生未卜,这个千载一时的看世界机会实在不容错过,绝不可误解了天真意味,把好好的人儿囚禁起来,使他草草地过了一生,并没有尝到做人的意味,而且也不懂得天真的真意了。这种活埋的办法绝非上帝造人的本意,上帝是总有一天会跟这班刽子手算账的。我们还是别当刽子手好罢,何苦手上染着女人小孩子的血呢!

又是一年芳草绿
老舍

悲观有一样好处，它能叫人把事情都看轻了一些。这个可也就是我的坏处，它不起劲，不积极。您看我挺爱笑不是？因为我悲观。悲观，所以我不能扳起面孔，大喊："孤——刘备！"我不能这样。一想到这样，我就要把自己笑毛咕了。看着别人吹胡子瞪眼睛，我从脊梁沟上发麻，非笑不可。我笑别人，因为我看不起自己。别人笑我，我觉得应该；说得天好，我不过是脸上平润一点的猴子。我笑别人，往往招人不愿意；不是别人的量小，而是不像我这样稀松，这样悲观。

我打不起精神去积极的干，这是我的大毛病。可是我不懒，凡是我该作的我总想把它作了，总算得点报酬养活自己与家里的人——往好了说，尽我的本分。我的悲观还没到想自杀的程度，不能不找点事作。有朝一日非死不可呢，那只好死喽，我有什么法儿呢？

这样，你瞧，我是无大志的人。我不想当皇上。最乐观的人才敢作皇上，我没这份胆气。

有人说我很幽默，不敢当。我不懂什么是幽默。假如一定问我，我只能说我觉得自己可笑，别人也可笑；我不比别人高，别人也不比我高。谁都有缺欠，谁都有可笑的地方。我跟谁都说得来，可是他得愿意跟我说；他一定说他是圣人，叫我三跪九叩报门而进，我没这个瘾。我不教训别人，也不听别人的教训。幽默，据我这么想，不是嬉皮笑脸，死不要鼻子。

也不是怎股子劲儿，我成了个写家。我的朋友德成粮店的写账先生也是写家，我跟他同等，并且管他叫二哥。既是个写家，当然得写了。"风格即人"——还是"风格即驴"？——我是怎个人自然写怎样的文章了。于是有人管我叫幽默的写家。我不以这为荣，也不以这为辱。我写我的。卖得出去呢，多得个三块五块的，买什么吃不香呢。卖不出去呢，拉倒，我早知道指着写文章吃饭是不易的事。

稿子寄出去，有时候是肉包子打狗，一去不回头；连个回信也没有。这，咱只好幽默；多咱见着那个骗子再说，见着他，大概我们俩总有一个笑着去见阎王的，不过，这是不很多见的，要不怎么我还没想自杀呢。常见的事是这个，稿子登出去，酬金就睡着了，睡得还是挺香甜。直到我也睡着了，它忽然来了，仿佛故意吓人玩。数目也惊人，它能使我觉得自己不过值一毛五一斤，比猪肉还便宜呢。这个咱也不说什么，国难期间，大家都得受点苦，人家开铺子的也不容易，掌柜的吃肉，给咱点汤喝，就得念佛。是的，我是不能当皇上，焚书坑掌柜的，咱没那个狠心，你看这个劲儿！不过，有人想坑他们呢，我也不便拦着。

这么一来，可就有许多人看不起我。连好朋友都说："伙计，你也硬正着点，说你是为人类而写作，说你是中国的高尔基；你太泄气了！"真的，我是泄气，我看高尔基的胡子可笑。他老人家那股子自卖自夸的劲儿，打死我也学不来。人类要等着我写文章才变体面了，那恐怕太晚了吧？我老觉得文学是有用的；拉长了说，它比任何东西都有用，都高明。可是往眼前说，它不如一尊高射炮，或一锅饭有用。我不能吆喝我的作品是"人类改造丸"，我也不相信把文学杀死便天下太平。我写就是了。

别人的批评呢？批评是有益处的。我爱批评，它多少给我点益处；即使完全不对，不是还让我笑一笑吗？自己写的时候仿佛是蒸馒头呢，热气腾腾，莫名其妙。及至冷眼人一看，一定看出许多错儿来。我感谢这种指摘。说的不对呢，那是他的错儿，不干我的事。我永不驳辩，这似乎是胆儿小；可是也许是我的宽宏大量。我不便往自己脸上贴金。一件事总得由两面瞧，是不是？

对于我自己的作品，我不拿她们当作宝贝。是呀，当写作的时候，我是卖了力气，我想往好了写。可是一个人的天才与经验是有限的，谁也不敢保了老写的好，连荷马也有打盹的时候。有的人

| 第五章 | 岁月无惊

呢,每一拿笔便想到自己是但丁,是莎士比亚。这没有什么不可以的,天才须有自信的心。我可不敢这样,我的悲观使我看轻自己。我常想客观的估量估量自己的才力;这不易作到,我究竟不能像别人看我看得那样清楚;好吧,既不能十分看清楚了自己,也就不用装蒜,谦虚是必要的,可是装蒜也大可以不必。

对作人,我也是这样。我不希望自己是个完人,也不故意的招人家的骂。该求朋友的呢,就求;该给朋友作的呢,就作。作的好不好,咱们大家凭良心。所以我很和气,见着谁都能扯一套。可是,初次见面的人,我可是不大爱说话;特别是见着女人,我简直张不开口,我怕说错了话。在家里,我倒不十分怕太太,可是对别的女人老觉着恐慌,我不大明白妇女的心理;要是信口开河的说,我不定说出什么来呢,而妇女又爱挑眼。男人也有许多爱挑眼的,所以初次见面,我不大愿开口。我最不喜辩论,因为红着脖子粗着筋的太不幽默。我最不喜欢好吹腾的人,可并不拒绝与这样的人谈话;我不爱这样的人,但喜欢听他的吹。最好是听着他吹,吹着吹着连他自己也忘了吹到什么地方去,那才有趣。

可喜的是有好几位生朋友都这么说:"没见着阁下的时候,总以为阁下有八十多岁了。敢情阁下并不老。"是的,虽然将奔四十的人,我倒还不老。因为对事轻淡,我心中不大藏着计划,作事也无须耍手段,所以我能笑,爱笑;天真的笑多少显着年轻一些。我悲观,但是不愿老声老气的悲观,那近乎"虎事"。我愿意老年轻轻的，死的时候像朵春花将残似的那样哀而不伤。我就怕什么"权威"咧，"大家"咧，"大师"咧，等等老气横秋的字眼们。我爱小孩，花草，小猫，小狗，小鱼；这些都不"虎事"。偶尔看见个穿小马褂的"小大人"，我能难受半天，特别是那种所谓聪明的孩子，让我难过。比如说，一群小孩都在那儿看变戏法儿，我也在那儿，单会有那么一两个七八岁的小老头说："这都是假的！"这叫我立刻走开，心里堵上一大块。世界确是更"文明"了，小孩也懂事懂得早了，可是我还愿意大家傻一点，特别是小孩。假若小猫刚生下来就会捕鼠，我就不再养猫，虽然它也许是个神猫。

我不大爱说自己，这多少近乎"吹"。人是不容易看清楚自己的。不过，刚过完了年，心中还慌着，叫我写"人生于世"，实在写不出，所以就近的拿自己当材料。万一将来我不得已而作了皇上呢，这篇东西也许成为史料，等着瞧吧。